अपनी संस्कृति

अपनी संस्कृति

मा.गो. वैद्य

प्रभात
प्रकाशन

प्रकाशक • **प्रभात प्रकाशन प्रा. लि.**
4/19 आसफ अली रोड,
नई दिल्ली–110002

संस्करण • 2025
अनुवाद • शरद महाजन
मूल्य • दो सौ रुपए
मुद्रक • नरुला प्रिंटर्स, दिल्ली

APNI SANSKRITI
by Shri M.G. Vaidya
₹ 200.00
Published by Prabhat Prakashan, 4/19 Asaf Ali Road, New Delhi-2
e-mail: prabhatbooks@gmail.com
ISBN 978-93-5322-240-6

भूमिका

'अपनी संस्कृति' यह सामान्य पाठकों के लिए लिखी हुई पुस्तक है, विद्वज्जनों के लिए नहीं। अतः इसमें विद्वत्ता-प्रचुर कुछ भी नहीं है। जो कुछ है वह सरल एवं सुबोध है। 'संस्कृति' यानी अच्छा बनना। जैसा है वैसा रहना—यह प्रकृति हुई। उससे भी नीचे गिरना—यह विकृति हुई। प्रकृति से ऊपर उठकर संस्कृति की ऊँचाई को प्राप्त करना—यह मनुष्य की विशेषता है। इसके लिए क्षमता मनुष्यों में ही है। इस हेतु ही संस्कार दिए जाते हैं। संस्कार प्रक्रिया है, संस्कृति उनका प्रतिफल है।

प्रश्न खड़ा होता है कि ऊँचाई और नीचता का मापदंड क्या है? किसे अच्छा मानें और किसे बुरा मानें? उत्तर है, इसका मापदंड 'धर्म' है। जो धर्मानुकूल है वह अच्छा, और जो धर्म-प्रतिकूल है वह बुरा। धर्म इष्ट है और अधर्म अनिष्ट।

फिर प्रश्न आएगा कि धर्म यानी क्या? आम लोग समझते हैं कि धर्म यानी पूजा-पाठ, तीर्थयात्रा, जप-जाप्य, व्रत-परिपालन आदि। ये सारे 'धर्म' के अंग अवश्य हैं, किंतु पूर्ण 'धर्म' नहीं हैं। 'धर्म' अपनी परिधि में संपूर्ण विश्व को लेता है। व्यष्टि (= व्यक्ति), समष्टि (= समाज), सृष्टि (= निसर्ग) और परमेष्टी (= परमात्मा) इन चारों को जो तत्त्व जोड़ता है वह धर्म होता है। अतः समाजहित का प्रत्येक कर्म 'धर्म' है। जैसे धर्मशाला बनाना, प्याऊ लगाना, अन्नच्छात्र चलाना आदि। इसके द्वारा व्यक्ति अपने को समाज के साथ जोड़ता है। निसर्ग को भगवान् का रूप समझकर उसकी पूजा करना भी धर्म है। जैसे गौरक्षा, प्राणियों की हिंसा न करना, नदियों को

पवित्र रखना, वृक्षों का सम्मान करना आदि। तात्पर्य यह है कि व्यक्ति को जो-जो तत्त्व व्यापक और विशाल बनाते हैं, वे सारे धर्म के अंदर आते हैं।

'धर्म' ही संस्कृति की नींव है। धर्म की नींव पर खड़ी इमारत यानी संस्कृति। और इस इमारत की सजावट यानी सभ्यता। स्वच्छता यह संस्कृति है, तो इस्त्री (प्रेस) सभ्यता है। अपना रहन-सहन, अपने मकान के आकार-प्रकार, खाने की व्यवस्था, कपड़ों के रंग और रूप, कानून और नियम—ये सारे सभ्यता के विषय हैं। सभ्यता बहिरंग है, संस्कृति अंतरंग है। अंतरंग और बहिरंग में मेल होना चाहिए। मैले कपड़े को भी इस्त्री (प्रेस) की जा सकती है; किंतु वह शोभादायक नहीं होती। स्वच्छ कपड़े की इस्त्री उसकी शोभा बढ़ाती है। अत: संस्कृति हो तो सभ्यता शोभादायक होती है, अन्यथा सभ्यता सारा दिखावटी मामला बनता है।

संस्कृति जीवन की ओर देखने का और जीवन जीने का दृष्टिकोण भी होता है। इस दृष्टिकोण के कारण ही संस्कृति-संस्कृति में अंतर आता है। भारतीयों ने—मुझे कहना है हिंदुओं ने—जीवन-विषयक एक विशेष दृष्टिकोण अपनाया है। उसके आधार पर एक मूल्य-व्यवस्था उन्होंने विकसित की है। एक संदर्भ की चौखट खड़ी की है। हर समय, प्रत्येक कृति का 'धर्म' की कसौटी पर घिसकर मूल्यांकन नहीं किया जाता। संदर्भ की चौखट देखकर ही उसका मूल्यांकन किया जाता है। अत: संदर्भ चौखट यानी संस्कृति होती है।

मूल्यों की प्रतिष्ठापना व्यक्तियों के द्वारा ही की जाती है। व्यक्तियों के द्वारा यानी व्यक्तियों के जीवन द्वारा। जिसके लिए व्यक्ति जीवन की बाजी लगाता है, मरण का भी वरण करता है, वे मूल्य बन जाते हैं। और वह व्यक्ति आदर्श बनता है। ऐसे आदर्शों की मालिका संदर्भ की चौखट बनाते हैं।

मैंने कहा कि जीवन-विषयक दृष्टिकोण संस्कृति की विशेषता निर्माण करता है। जीवन यानी मानवी जीवन। और मानवी जीवन 'एकरूप नहीं रहता, वह व्यामिश्र रहता है। उसके अनेक अंग, अनेक पहलू, अनेक क्षेत्र, अनेक अवस्थाएँ, अनेक स्तर होते हैं। हम बच्चे रहते हैं, बाद में विवाह कर गृहस्थ बनते हैं, पढ़ते हैं, पढ़ाते हैं, राज्य के अधीन रहते हैं, राज्य चलानेवाले भी बनते हैं, व्यापार करते हैं, नौकरी करते हैं, सैनिक बनते हैं; ऐसे कितने काम जीवन चलाते हुए करते हैं और जीवन चलाते-चलाते एक दिन मृत्यु के

अधीन हो जाते हैं। मृत्यु भी जीवन का ही एक अंग है। इन सब मानव जीवन की अवस्थाओं के संबंध में भारतीयों का विशिष्ट दृष्टिकोण है। यह दृष्टिकोण यानी भारतीय संस्कृति। व्यक्ति का समाज के साथ संबंध, राजा और प्रजा का संबंध, गुरु और शिष्य का संबंध, पति और पत्नी का संबंध, स्त्री और पुरुष का संबंध, पिता और पुत्र का संबंध, व्यापारी और ग्राहक का संबंध, मालिक और सेवक का संबंध, पड़ोसी और पड़ोसी का संबंध और अंत में जीवन और मरण का संबंध—ये सारे संस्कृति के विषय हैं। इनमें से कुछ चुने विषयों को इस पुस्तक में संस्पर्श किया है। और मनुष्य जीवन की सफलता के कुछ निकष उसमें से प्रकट हुए हैं। यह संस्कृति के निकष हैं जो अंत:करण की भावना को प्रकट करते हैं।

मैंने मूलत: मराठी में यह पुस्तक लिखी थी। पाठकों को वह पसंद आई। अत: हिंदीभाषी अपने बंधुओं के लिए उसका हिंदी अनुवाद होना चाहिए, ऐसा लगा। मेरे मित्र श्री शरद महाजन ने उसका अनुवाद किया, मैं उनका आभारी हूँ। मुझे आशा है कि मराठी की भाँति हिंदीभाषी पाठक भी इसका स्वागत करेंगे।

—माधव गोविंद वैद्य

गीता जयंती
मार्गशीर्ष शुक्ल ११, ५१०३

अनुक्रम

प्रारंभ

'संस्कृति' शब्द का अर्थ अच्छा बनना, अच्छा व्यवहार करना और अच्छे विचारों का प्रादुर्भाव होना है। 'जैसे हैं वैसे ही रहें', उसी अनुरूप व्यवहार करें तो वह 'प्रकृति' कहलाएगी और यदि उससे निकृष्ट व्यवहार हो तो वह 'विकृति' होगी। मानव का जन्म इसीलिए हुआ है कि वह प्रकृति से ऊपर उठे, अधिक अच्छा बने और अधिक परिष्कृत हो। इस दिशा में ही प्रयत्न किए जाने हैं। इन्हीं प्रयत्नों को 'संस्कार' कहा जाता है।

'संस्कार' और 'संस्कृति'—दोनों शब्दों में 'सम्' उपसर्ग है और 'कृ' धातु है। इनकी संधि से 'संकर' शब्द बनना चाहिए; किंतु संस्कृत के व्याकरण-शास्त्र के अनुसार 'सम + कृ' का अर्थ 'अच्छा बनना' या 'अच्छी कृति करना' अथवा 'सुशोभित करना' होता है तब इसके लिए 'सम् + कृ' में 'स्' को अंतर्भूत करना होगा।[१] व्याकरण के इसी नियम के अनुसार संस्कार, संस्करण, परिष्कार, परिष्करण आदि शब्द बने हैं।

एक शंका यह भी जाग्रत् होती है कि 'जैसे हैं'—इस स्थिति से ऊपर उठने या अच्छा बनने की आवश्यकता ही क्या है? जैसे हैं, उसी स्थिति में बने रहने में आखिर क्या हर्ज है? जो स्वाभाविक है, वैसे ही व्यवहार करते रहने में बुरा क्या है? परंतु जैसे हैं वैसे ही बने रहने से तो पशुवत् हो जाना पड़ेगा। फिर पशु और मनुष्य में अंतर ही क्या रहा? वैसे देखा जाए तो मनुष्य और पशु में अनेक समानताएँ हैं। दोनों में आहार, निद्रा, भय, मैथुन आदि बातें एक समान होती हैं। पशुओं में इंद्रिय है तो मानव में भी; भय भी दोनों में होता है। यही नहीं, इन इंद्रियों की पसंद या तिरस्कार के विषय भी लगभग निश्चित

ही होते हैं।[२] जिह्वा को मीठा पसंद है तो कड़वे का तिरस्कार होना है। नासिका को सुगंध भाती है, दुर्गंध से नाक सिकुड़ जाती है। भूख लगते ही लोग खाने के लिए दौड़ पड़ते हैं। लुभावनी चीज दिखाई देते ही उसे हथियाने की प्रवृत्ति जागती है। यह सब स्वाभाविक होता है, प्रकृति के अनुरूप होता है। पशु इसी प्रकृति के अनुरूप चलते हैं। तो क्या मनुष्य भी पशु समान ही व्यवहार करे? वैसा ही जीवन-यापन करे? नहीं, पशुओं की अपेक्षा अच्छा जीवन-यापन करना हो तो प्रकृति के ऊपर उठना होगा, संस्कृति का धुरा पकड़ना होगा। इसका एक और कारण यह भी है कि मनुष्य में प्रकृति के ऊपर उठने की क्षमता है। यदि उसे भूख लगी हो तो भी वह स्वयं भूखा रहकर दूसरों को खिला सकता है। एक माता स्वयं भूखी रहकर अपने बच्चों को खिलाती है। इसकी एक बड़ी रोचक कथा है—

'एक नेवला था, जिसका आधा शरीर सोने का था। जिस यज्ञ-मंडप में महाराज युधिष्ठिर ने राजसूय यज्ञ किया था, वहाँ वह नेवला जा पहुँचा और यज्ञ की राख में लोटने लगा। लोगों ने आश्चर्य से देखा—आखिर यह नेवला ऐसा क्यों कर रहा है? नेवले ने खुद मनुष्य वाणी में कहा, 'महाराज युधिष्ठिर! क्या आप जानते हैं कि मेरा यह आधा शरीर सोने का कैसे हो गया? तो सुनिए, एक बार बड़ा दुर्भिक्ष पड़ा था। सभी ओर खाने के लाले पड़ गए थे। एक ब्राह्मण परिवार में स्वयं ब्राह्मण, उसकी पत्नी, पुत्र और पुत्रवधू—चारों व्यक्ति कई दिनों से क्षुधा से पीड़ित थे। अचानक उन्हें थोड़ा सत्तू खाने को मिला। तब चारों ने आपस में उसे बराबर-बराबर बाँट लिया। ब्राह्मण अपने हिस्से का सत्तू खाने ही वाला था कि क्षुधा से पीड़ित एक व्यक्ति आया और भिक्षा-याचना की। ब्राह्मण ने अपने हिस्से का सत्तू उसे दे दिया; पर उससे उस अतिथि की क्षुधा शांत नहीं हुई। तब ब्राह्मणी ने भी अपना हिस्सा उस व्यक्ति को दे दिया; किंतु उससे भी अतिथि की क्षुधा का शमन नहीं हो सका। एक-एक करके चारों ने अपने हिस्से का सत्तू उस व्यक्ति को दे दिया। तब उसकी क्षुधा शांत हुई और वह चला गया। इधर क्षुधा-पीड़ित ब्राह्मण परिवार के चारों सदस्यों की मृत्यु हो गई। उस सत्तू के कुछ कण नीचे गिर गए थे। उसी कण पर लोटने से मेरे शरीर का आधा भाग सोने का हो गया। राजन्! यहाँ तो आपने इस यज्ञ में हजारों लोगों को भोजन कराया होगा—और उसके लिए आपको

अभिमान भी होगा, जो वस्तुतः व्यर्थ है। इस यज्ञ की धूलि में लोटकर अपने शरीर के स्वर्णरहित भाग को स्वर्णिम कराने के लिए बड़ी आशा से यहाँ आया था, परंतु मुझे घोर निराशा हुई।'

तात्पर्य यह कि मनुष्य अपने प्राणों का उत्सर्ग कर दूसरों को जीवनदान दे सकता है। इसी को 'संस्कृति' कहते हैं। चूँकि मनुष्य में संस्कृति का प्रादुर्भाव हो सकता है, मनुष्य को सुसंस्कृत बनाया जा सकता है, इसीलिए उसे संस्कारों की शिक्षा देने की व्यवस्था की गई है। यदि मनुष्य को संस्कृति-संपन्न बनाना असंभव होता तो उस ओर प्रयास ही क्यों किए जाते? खरगोश के सिर पर सींग तो उगते ही नहीं, इसीलिए कोई उन्हें ढूँढ़ने या देखने का प्रयास भी नहीं करता। जो वस्तु प्राप्य होती है, उसे ही ढूँढ़ने की कोशिश की जाती है। मनुष्य को सुसंस्कृत किया जा सकता है, इसीलिए उस ओर प्रयत्न किए जाते हैं।

पशु प्रकृति के अनुसार चलते हैं। अतः उन्हें 'सुसंस्कृत' करना असंभव है; किंतु उनमें एक अच्छाई यह भी है कि उनमें 'विकृति' नहीं आती। कल्पना करें कि एक स्थान पर अच्छी हरी-भरी घास पड़ी है और दो बैल घास खाने के लिए दौड़ पड़े हैं। इनमें से एक बैल तो तगड़ा है, हृष्ट-पुष्ट है; परंतु दूसरा जरा बूढ़ा-सा और निर्बल है। दोनों बैल घास के समीप पहुँच गए हैं, तो तगड़ा बैल उस निर्बल बैल से यह तो कहेगा नहीं कि भई, पहले तू पेट भरकर खा ले, तभी मैं मुँह चलाऊँगा। वह तगड़ा बैल तो उस निर्बल को अपनी शक्ति से दूर भगा देगा और पहले अपना पेट पूरा भर लेगा। यह पशु की प्रकृति है; लेकिन इसमें 'विकृति' नहीं होती। अपना पेट भरने के बाद वह तगड़ा बैल बची-खुची घास का गट्ठा बाँधकर अपने घर नहीं ले जाएगा। लेकिन मनुष्य का कोई भरोसा नहीं। तात्पर्य यह कि मनुष्य और पशु की प्रकृति एक जैसी होती है। अपने लिए भोजन, अपनी चिंता करना, जो प्राप्त किया है उसे अपने लिए बचाकर रखना आदि 'मनुष्य की प्रकृति' है; किंतु जो अपना है, वह भी दूसरे को दे देना—यह 'संस्कृति' है। दूसरों को देना अर्थात् दान करना। हमारे देश में दान की बड़ी महिमा है। हम जितना भी कमाते हैं, उसका थोड़ा सा हिस्सा दान में देना चाहिए। अब जरा धन का ही उदाहरण लें। आखिर यह धन हमें मिलता कहाँ से है? समाज से ही न! समुद्र

के बीच एक निर्जन टापू में अथवा पर्वत शिखर पर बैठा कोई व्यक्ति क्या धन प्राप्त कर सकता है? निर्जन टापू पर दुकानदारी या व्यवसाय चल नहीं सकेगा। अतः स्पष्ट है कि समाज से ही धन की प्राप्ति हो सकती है। इसीलिए जहाँ से वह मिलता है वहीं अल्प प्रमाण में क्यों न हो, उसे लौटा दिया जाना चाहिए। अकेले ही सारे धन का उपभोग करना उचित नहीं है। 'श्रीमद्भगवद्गीता' में यही कहा गया है कि 'निसर्ग की जिन शक्तियों ने तुम्हें कुछ दिया है उसे लौटा दिया जाना चाहिए। जो यह नहीं करता और खुद सारे धन का उपभोग करता है, वह चोर होता है।'[३]

अतः 'दान' संस्कृति हुई, 'भोग' प्रकृति हुई। संस्कृति के भी कई आयाम होते हैं, अनेक स्तर होते हैं। इसीलिए दान कैसे दिया जाए, यह भी हमें बताया जाता है।

उपनिषदों का कहना है—श्रद्धापूर्वक दान करो। उसके प्रति गर्व नहीं होना चाहिए, बल्कि दान में कुछ कमी पड़ गई है, हमें और अधिक दान देना चाहिए था, यह भावना जाग्रत् होनी चाहिए।[४] दान देने से अहंकार हो सकता है। देनेवाले का हाथ हमेशा ऊपर होता है। एक बड़ी मनोरंजक घटना है। एक बार दाता और याचक के बीच बहस छिड़ गई—कौन श्रेष्ठ है, दाता या याचक? याचक ने कहा, 'दाता, इतना घमंड क्यों कर रहे हो? अरे, हम याचक हैं, तभी तो तुम दाता बने हो। यदि याचक होते ही नहीं तो तुम्हें दाता कौन कहता?' दाता नाराज हो गया। बोला, 'वाह! तुम याचक तो हमारे सामने हाथ पसारते हो और खुद को श्रेष्ठ समझते हो।'

बहस का अंत नहीं था। दोनों गुरु के पास पहुँचे। कहने लगे, 'महाराज, आप ही बताएँ कि दाता बड़ा है या याचक?' गुरुजी ने सोच-विचारकर कहा, 'दाता और याचक में अंतर उनके हाथों की स्थिति से ज्ञात हो सकता है।[५] देनेवाले का हाथ हमेशा ऊपर और लेनेवाले का हाथ नीचे रहता है। इसीलिए दाता को अपने दिए दान के लिए गर्व महसूस करना स्वाभाविक होता है। कुछ शर्तें रखकर दान देना भी नैसर्गिक ही समझा जाना चाहिए; किंतु इसकी एक दूसरी विधा भी होती है। किसी भी प्रकार की आशा, आकांक्षा, अपेक्षा अथवा अभिमान न रखते हुए भी दान दिया जा सकता है।'

दूसरे शब्दों में इसे 'त्याग' कहते हैं। यज्ञ के दौरान उच्चारित किए जानेवाले मंत्र की ओर ध्यान दें—'अग्नये स्वाहा, अग्नये इदं न मम।' यह पूरा

मंत्र उच्चारित किया जाता है—'अग्नये स्वाहा' अर्थात् अग्नि को समर्पित। पर इतना कहना पर्याप्त नहीं होता। उसके बाद 'अग्नये इदम्' कहना भी जरूरी है, अर्थात् यह सब अग्नि का हो गया। यहाँ भी पूर्णता नहीं है, 'न मम'—अर्थात् जो है, जितना है, सब अग्नि को समर्पित हो चुका है, अब मेरा कुछ भी शेष नहीं है। पूरा मंत्र पढ़ने से ही यज्ञ पूर्ण होता है। 'यज्ञ' का अर्थ ही 'त्याग' है, और त्याग ही यज्ञ है। यज्ञ करने से भी गर्व महसूस हो सकता है। यज्ञ करनेवाला खुद को महान् त्यागी समझ सकता है। वास्तव में यह भावना होनी नहीं चाहिए। इसीलिए कहा गया है, 'यज्ञेन यज्ञमयजन्त देवाः।'[६] इसी प्रकार 'येन त्यजसि तत् त्यज।'[७] संस्कृति मनुष्य को इसी प्रकार साधारण से ऊपर ले जाती है और उन्नति के शिखर पर पहुँचाती है। मनुष्य को भी अधिकाधिक संस्कृति-संपन्न होना चाहिए—अर्थात् उसे अधिक व्यापक, अधिक उदार और अधिक निस्स्वार्थी होना चाहिए। इसीलिए उसे शिक्षा दी जाती है। शिक्षा को ही 'ज्ञान' कहते हैं। ज्ञान का अर्थ केवल 'जानकारी संग्रह करना' न होकर व्यक्ति की आमूलाग्र परिष्कृति में है। ज्ञान और संस्कृति का घनिष्ठ संबंध है।

टिप्पणी

१. पाणिनि का सूत्र है—'सम्परिभ्यां करोतौ भूषणे—जिसके अनुसार 'सुट्' का आगम होता है।

२. 'इन्द्रियस्येन्द्रियस्यार्थे रागद्वेषौ व्यवस्थितौ'—भगवद्गीता, ३। ३४।

३. 'तैर्दत्तानप्रदायैभ्यो यो भुङ्क्ते स्तेन एव सः'—भगवद्गीता, ३। १२।

४. श्रद्धया देयं अश्रद्धया अदेयं श्रिया देयं ह्रिया देयं-तैत्तिरीय उपनिषद्, शिक्षावल्ली अनुवाक्—११।

५. दातृयाचकयोर्भेदः कराभ्यामेव सूचितः। (सुभाषित)

६. मंत्र-पुष्पांजलि (अर्थ—देवताओं ने यज्ञों द्वारा यज्ञ का सर्जन किया।)

७. इसका अर्थ यही है कि जिस भावना से यज्ञ किया है उस भावना का भी त्याग कर दिया जाय।

□

पवित्रता का मापदंड

मनुष्य इस विश्व में निवास करता है; पर क्या वह अकेला रहता है? नहीं, अन्य मनुष्य भी उसके साथ इसी विश्व में निवास करते हैं। वे सब एक जैसे होते हैं। जो लोग यह मानते हैं कि ईश्वर ही सृष्टि का निर्माता है, वे यह भी मानते हैं कि सारे मनुष्य उसी ईश्वर की संतान हैं, अर्थात् हम सब भाई-भाई हैं। दूसरे शब्दों में—विश्व-बंधुत्व मानव संस्कृति की एक विशेषता है; लेकिन हम भारतीय तो उससे भी एक कदम आगे बढ़ गए। हमारा आदर्श केवल विश्व-बंधुत्व तक ही सीमित न रहकर वह 'विश्वात्मैक्य' हो गया। सकल चराचर विश्व के मूल में एक आत्मतत्त्व है। यह आत्मतत्त्व जैसे मनुष्य में है उसी प्रकार समस्त प्राणिमात्र में विद्यमान है। हम जिसे 'निर्जीव पदार्थ' कहते हैं, उसमें भी यह व्याप्त है। इसीलिए वेदों में कहा गया है—'यत्पिण्डे तद्ब्रह्माण्डे।'[१]

प्राचीन काल से भारतीयों में यही धारणा रही है। मनुष्य को समस्त विश्व का मापदंड[२] समझने की पाश्चात्य धारणा हम भारतीयों को मान्य नहीं है। पाश्चात्य तत्त्वज्ञान के अनुसार मानव की सुख-सुविधा के लिए ही संपूर्ण मानवेतर सृष्टि का निर्माण हुआ है। इसीलिए मनुष्य की सुख-प्राप्ति के लिए संपूर्ण सृष्टि का शोषण करना वे अनुचित नहीं मानते। इसी वृत्ति से प्रकृति पर विजय[३] प्राप्त करने के तत्त्वज्ञान का निर्माण हुआ और निसर्ग की शक्तियों पर विजय को 'मानव की विजय' मान लेने की धारणा बनती गई। इसी धारणा के अंतर्गत प्रकृति पर अनगिनत अत्याचार हुए, बड़ी मात्रा में जंगलों की कटाई हुई, मूक प्राणियों का कत्लेआम हुआ। शिकार के बहाने प्राणियों को मार

डालना पौरुष समझा जाने लगा। इसी वृत्ति के कारण मनुष्य दूसरे मनुष्यों का शिकार भी करने लगा। गुलामी की प्रथा का प्रादुर्भाव हुआ, खरीदे गए मानवों से पशु-तुल्य व्यवहार किया जाने लगा।

शनैः-शनैः 'सभी मानवों का सुख'—इस उद्देश्य की अनदेखी होने लगी और 'अधिकाधिक संख्या के मानवों के लिए अधिकाधिक सुख'—इस नैतिक तत्त्व का मापदंड रूढ़ होने लगा।[४] आगे चलकर यही तत्त्व प्रजातंत्र अथवा लोकतंत्र की नींव बना तथा बहुमत को जो मान्य हो उसे सर्वमान्य समझने की वृत्ति चल निकली, जिसे प्रतिष्ठा प्राप्त हुई।

लेकिन भारतीयों का दृष्टिकोण कुछ अलग ही रहा। इन्हें केवल मानवों का सुख ही नहीं बल्कि सभी प्राणिमात्र के सुख का आदर्श ज्यादा पसंद आया। सभी प्राणिमात्र सुखी रहें, सभी स्वस्थ रहें, सभी को कल्याणकारी अनुभव मिलता रहे, कोई दुःखी न रहे[५]—यही भारतीयों का ध्येय रहा। यह कोई अपवादात्मक चर्चा या केवल साधु-संतों का वचन नहीं, बल्कि सर्वमान्य तत्त्व था। संस्कृत नाटक 'मृच्छकटिक' के सर्जक शूद्रक ने अपनी रचना के भरतवाक्य में ही 'मोदन्तां जन्मभाजः'[६]—अर्थात् जन्म लेनेवाले सभी प्राणियों के सुख और आनंद की प्राप्ति की याचना की है। ज्ञानेश्वरी के पसायदान में भी 'जो जे वांच्छील तो ते लाहो! प्राणिजात!' यही प्रार्थना की गई है। ध्यान रहे कि यहाँ भी 'प्राणिजात' कहा गया है, 'मानवजात' नहीं।

इस सकल चराचर की सुख-प्राप्ति का उद्देश्य तो अवश्य रखा गया, परंतु उतने उच्च शिखर पर पहुँचना कोई आसान बात तो नहीं है। एक-एक पायदान चढ़ते हुए उच्च शिखर पर पहुँचना ही व्यावहारिक तरीका होता है। इसीलिए मनुष्य को पहले अपने परिवार से, फिर ग्राम से, फिर देश से और अंत में संपूर्ण विश्व से प्रेम करने का मूलमंत्र हमारे देश में पहले से ही बताया जाता रहा है। व्यक्ति और परिवार में यदि संघर्ष हो तो परिवार के लिए अपने स्वार्थ का त्याग करना; ग्राम और परिवार में संघर्ष हो तो परिवार का त्याग करना और ग्राम तथा देश के बीच संघर्ष की स्थिति यदि उत्पन्न हो जाय तो ग्राम का हित भूल जाने का मंत्र एक श्लोक में दिया गया है।[७] उस श्लोक का अर्थ यह है कि जो व्यक्ति अपने परिवार के लिए स्वार्थ का त्याग नहीं कर सकता अथवा ग्राम के लिए अपने परिवार के हित को अलग नहीं कर सकता,

वह व्यक्ति मानवता के लिए क्या कर सकेगा ? जो बच्चा प्राथमिक कक्षा में ही उत्तीर्ण नहीं हो सकता, वह स्नातक की परीक्षा भला कैसे उत्तीर्ण कर पाएगा ?'

सदैव हमारी आस्था यही रही है कि व्यक्ति अपने से बड़ी इकाई में स्वयं को समर्पित कर दे। इसे ही 'धर्म का कार्य' कहा जाता है। खुद अपने लिए हम चाहे कितना ही बड़ा मकान क्यों न बनवा लें, लेकिन वह धर्म-कार्य नहीं होगा, क्योंकि उसमें स्वार्थ सन्निहित है; परंतु जब हम दूसरों के निवास के लिए मकान का निर्माण करते हैं तब उसे 'धर्मशाला' कहा जाता है। वहाँ कोई पूजा-पाठ, यज्ञ-कर्म आदि नहीं होते। फिर भी उसे 'धर्मशाला' क्यों कहा जाता है ? केवल इसलिए कि यहाँ व्यक्ति अपने को समूह अथवा समाज के साथ जोड़ता है। व्यक्ति इसी पद्धति से एक बड़ी इकाई के साथ जुड़ जाता है। जो जोड़ता है वही 'धर्म' होता है, यही 'धर्म' की हमारी व्याख्या है। जिन कर्तव्यों के माध्यम से मनुष्य मनुष्यों से जुड़ता है, उन्हीं कर्तव्यों को हम 'मानव-धर्म' कहते हैं। व्यक्ति के समूह के साथ जुड़ जाने में दोनों का हित है। भगवान् बुद्ध ने भी कहा है, 'संघं शरणं गच्छामि।' यह धर्म-वचन है।

ऊपर कहा गया है कि सकल चराचर विश्व में मनुष्य अकेला नहीं रहता, पशु-पक्षी, वनस्पति, नदियाँ, पर्वत—सारे इसी विश्व के अंग हैं। ये सभी ईश्वर की सृष्टि हैं। इन सबके साथ मनुष्य के संबंध कैसे होने चाहिए ? केवल मानव के उपभोग के लिए इन सारी चीजों का शोषण करना भारतीयों को कभी भी मान्य नहीं रहा। प्राचीन काल से ही यही शिक्षा दी जाती रही है कि इस संपूर्ण सृष्टि की ओर सम्मानपूर्वक पूज्य भावना से देखा जाना चाहिए। मानव के लिए सर्वाधिक पूज्य स्थान कौन सा हो सकता है—निस्संदेह माँ का, जन्म देनेवाली माता का। इसी कारण यहाँ हमेशा यही कहा जाता रहा है कि संपूर्ण सृष्टि की ओर माता समान दृष्टि से देखो। हम 'सृष्टि-माता' शब्द से परिचित हैं ही। पृथ्वी हमारा धारण करती है, इसीलिए यह भू-माता हुई; इस देश में हमने जन्म लिया, अत: यह हमारी मातृभूमि हुई। नदी केवल पानी न होकर 'लोकमाता' होती है। गंगा केवल नदी नहीं, 'गंगा मैया' है। तुलसी का पौधा केवल वनस्पति नहीं, 'तुलसी माता' है। और गाय चार पैरोंवाला पशु मात्र न होकर हमारी गौ माता है। किसी भी वस्तु अथवा व्यक्ति की ओर

मातृ-भावना से देखने पर हमारा संपूर्ण दृष्टिकोण ही बदल जाता है। फिर वह वस्तु जड़ या अचेतन नहीं रहती, सजीव बन जाती है, पवित्र बन जाती है। परस्त्री को इसी दृष्टि से देखने की शिक्षा हमारे यहाँ प्राचीन काल से दी जाती रही है।[८]

हमारी संस्कृति ने हर एक वनस्पति को किसी-न-किसी ईश्वर रूप से जोड़ दिया है; जैसे—तुलसी को विष्णु से, बिल्व दल को भगवान् शंकर से, शमी पत्र को गणेशजी से, वटवृक्ष को सावित्री से और उंबर को भगवान् दत्तात्रेय से। मूर्तिपूजा को स्वीकार किए जाने से प्रत्येक पुष्प-वृक्ष को, हर वनस्पति को महत्त्व प्रदान किया गया है। प्राणियों को भी इसी प्रकार किसी-न-किसी ईश्वर-स्वरूप से जोड़ा गया है—गाय को भगवान् श्रीकृष्ण से, नंदी अथवा बैल को भगवान् शंकर से, साँपों को शंकर से, कुत्तों को दत्तात्रेय से, शेर को दुर्गा देवी से, मयूर को सरस्वती से और चूहे को गणेशजी से। पर्वत भी इसी तरह जुड़े हैं—हिमालय भगवान् शंकर का निवास है। हर पर्वत पर किसी-न-किसी देवी-देवता का अर्चना-स्थान मिल ही जाता है। चराचर सृष्टि को इस रीति से जोड़ लेना भी हमने धर्म माना है। और मातृत्व हमारी पवित्रता का मापदंड है। इसीलिए उपनिषद् में कहा गया है—'मातृदेवो भव', माता को ही अपना ईश्वर समझो और संपूर्ण सृष्टि को माँ के समान समझो। माता हमारी पवित्रता का मापदंड है।

टिप्पणी

१. जो एक पिंड में है वही ब्रह्मांड में व्याप्त है।

२. Man is the measure of all things.

३. Conquest of Nature.

४. Greatest good of the greatest number.

५. सर्वेऽपि सुखिनः सन्तु सर्वे सन्तु निरामयाः।
सर्वे भद्राणि पश्यन्तु मा कश्चिद् दुःखभाग्भवेत्॥

६. 'मृच्छकटिक' का संपूर्ण श्लोक लोगों को सुख मिले, इसके लिए किन तत्त्वों की आवश्यकता है, यह व्यक्त करता है। गौ-माता से भरपूर दूध मिले, पृथ्वी सभी प्रकार की वनस्पति व अनाज देनेवाली फसलों से फूली-फली रहे, पर्जन्य वृष्टि समय पर होती रहे, सभी को सुख देनेवाली हवाएँ बहती रहें, विद्वानों को सदैव आदर मिलता

रहे, धन-संपन्न और कर्तव्यपरायण राजाओं का पृथ्वी पर से शत्रुओं का विनाश कर अबाधित राज्य रहे, इस प्रकार समस्त सृष्टि को सुख मिलता रहे—यही इस श्लोक का भावार्थ है।

७. त्यजेदेकं कुलस्यार्थे ग्रामस्यार्थे कुलं त्यजेत्।
ग्रामं जनपदस्यार्थे आत्मार्थे पृथिवीं त्यजेत्॥

८. मातृवत् परदारेषु।

□

ईश्वर का स्वरूप

अति प्राचीन काल से हम भारतीय यही बता रहे हैं कि सकल चराचर के मूल में एक चैतन्य है, जिसे हम 'ब्रह्म' कहते हैं। 'ब्रह्म' अर्थात् अति विशाल, असीमित, शुद्ध और अति परिमार्जित 'चैतन्य'। इसी ब्रह्म से संपूर्ण सृष्टि का निर्माण हुआ है। प्राचीन मनीषियों ने इस संबंध में बड़ा सूक्ष्म और गहन चिंतन किया। इस विश्व का निर्माण कैसे और कहाँ से हुआ? इन नक्षत्रों, तारों, ग्रहों की उत्पत्ति कहाँ से हुई? इन सारी बातों को समझने-बूझने का प्रयास किया। उन्होंने अपने आपसे प्रश्न भी किया—प्रारंभ में क्या रहा होगा? सत् (अर्थात् अस्तित्व) या असत् (अर्थात् शून्य)। अत्यंत गहराई से चिंतन-मनन करने के बाद वे इस निर्णय पर पहुँचे कि प्रारंभ से 'सत्' ही रहा होगा। असत् में से सत् का निर्माण कैसे हो सकता है? अभाव में से भाव का निर्माण होना तो संभव ही नहीं। अर्थात् आदि सत् ही ब्रह्म है, वही चैतन्य है, वही आत्मतत्त्व है।

यही जो मूल अस्तित्व या सत् रहा होगा, उसके मन में इच्छा जाग्रत् हुई कि मैं तो अकेला हूँ, मैं एक हूँ, अनेक हो जाऊँ। मुझे कुछ निर्माण करना चाहिए, अनेक होना चाहिए[१], उसमें से कुछ और निर्माण होना चाहिए। उसी की इस इच्छा से ब्रह्मांड का निर्माण हुआ। पहले आकाश बना—आकाश तो एकदम पोला था, पूर्णतः शून्य। मानो हम किसी कमरे में बैठे हैं, जिसकी दीवारों से हम घिरे रहते हैं। फिर भी हमारे बैठे रहने के बावजूद कुछ स्थान तो खाली रहता ही है, यही आकाश है। वह सूक्ष्म होता है; परंतु उसकी एक विशेषता होती है, वह है 'शब्द'। हम जब बातें करते हैं तो हमारी आवाज

दूसरों को सुनाई देती है। इसका कारण आकाश है। हमारी आवाज से ध्वनि-तरंग उठते हैं, जो प्रसारित होकर दूसरों के कानों पर टकराते हैं, जिससे उन्हें सुनाई देता है। आकाश के बाद वायु का निर्माण हुआ, जिसकी विशेषता 'स्पर्श' में है। स्पर्श के द्वारा ही हमें वायु के अस्तित्व का बोध होता है। इसके बाद अग्नि की उत्पत्ति हुई, जिसकी विशेषता तेज या प्रकाश में है। तत्पश्चात् जल का निर्माण हुआ, जिसकी विशेषता रस है; रस अर्थात् प्रवाहित्व, सदा बहनेवाला। अंत में पृथ्वी की उत्पत्ति हुई, जिसकी विशेषता 'गंध' है। आज जिसे हम 'भौतिक विश्व' कहते हैं, वह इन्हीं पाँच तत्त्वों से मिलकर बना हुआ है, जिन्हें हम 'पंचमहाभूत' कहते हैं। प्रकट स्वरूप में ये पंचमहाभूत पृथक्-पृथक् न रहकर एक-दूसरे में मिले हुए होते हैं। पृथ्वी तत्त्व से निर्मित हुई वस्तु 'जड़' स्वरूप में होती है। उसके आधे हिस्से में पृथ्वी तत्त्व और शेष आधे भाग में अन्य चार तत्त्वों का मिश्रण होता है। इसी प्रकार प्रवाही वस्तु में आप् तत्त्व आधे हिस्से में तथा शेष आधे भाग में अन्य चार तत्त्वों का मेल होता है। तेजस्वी या प्रकाशमान् वस्तु में अग्नि तत्त्व के अलावा शेष चार तत्त्वों की भागीदारी होती है। वायु रूप या आकाश रूप वस्तु में अथवा सूक्ष्म वस्तु में भी अन्य चार तत्त्वों का मेल होता है। इस प्रक्रिया को 'पंचीकरण' कहा जाता है और सकल चराचर विश्व पूर्णतः पंचीकृत है।

इस सकल चराचर विश्व, जो इन पंचमहाभूतों से बना हुआ है, में कम या अधिक परिमाण में चैतन्य का अंश होता है। जिसमें चैतन्य का अंश कम होगा, उसका जड़त्व अधिक होगा और जिसमें चैतन्य अधिक होगा, उसमें जड़त्व कम होगा। इसी जड़त्व की कमी-बेशी के आधार पर यह सृष्टि अनेक विविधताओं से सजी-सँवरी है। यह तो हुई एक प्रकार की सृष्टि। दूसरी भी सृष्टि है 'जीव सृष्टि'[२] सांख्यशास्त्र का कहना है कि मन, बुद्धि और अहंकार—ये जड़-प्रकृति के ही आविष्कार हैं। प्रकृति के समस्त रूपों में 'चैतन्य' का समावेश होता ही है। मन, बुद्धि और अहंकार में तो चैतन्य का अंश बहुत अधिक परिमाण में होता है। इसीलिए ये इंद्रियाँ सूक्ष्म होती हैं। इन्हें आँखों से तो देखा नहीं जा सकता, परंतु इनके अस्तित्व की जानकारी अवश्य होती है। हाथ, पैर, कान, नाक, आँखें—ये सब हमारी बाह्य इंद्रियाँ होने के कारण वे हमें दिखाई देती हैं; परंतु मन, बुद्धि, अहंकार—ये आंतरिक इंद्रियाँ

हैं, इसीलिए इन्हें 'अंतःकरण' कहा जाता है। 'अंतः' यानी अंदर का और 'करण' यानी इंद्रिय।

इस 'ब्रह्म' और 'ईश्वर' का संबंध कैसा है? वेदांतों का कहना है कि ब्रह्म को उपाधि मिलते ही ईश्वर बन जाता है। संस्कृत धातु 'ईश्' का अर्थ है 'सत्ता' लागू करना। जो सत्ता लागू करता है, वही 'ईश्वर' होता है। किसी राजा या सरकार का अधिकार अथवा सत्ता उसके राज्य की सीमाओं तक ही सीमित होती है; परंतु ईश्वर का अधिकार तो संपूर्ण ब्रह्मांड पर लागू होता है। वही इस ब्रह्मांड का निर्माता है, उसकी रक्षा करनेवाला है और उसका संहारक भी है। जिस वस्तु का निर्माण होता है, उसे कोई-न-कोई स्वरूप तो मिलता ही है। उसी तरह जो निर्मित हुआ है, उसका अंत भी कभी-न-कभी होना ही है; परंतु 'अंत' का क्या अर्थ? अंत यानी रूप-परिवर्तन। मृत्यु से संपूर्ण विनाश नहीं होता, केवल उसके स्वरूप का अंत होता है। निर्मित वस्तु का स्वरूप व्यक्त होता है, मृत्यु से व्यक्त का अव्यक्त में परिवर्तन हो जाता है। 'श्रीमद्भगवद्गीता' का कहना है कि सारी सृष्टि उत्पत्ति के पूर्व अव्यक्त ही थी, उत्पत्ति के बाद ही वह व्यक्त हुई। अर्थात् उत्पत्ति ही व्यक्त है और निधन अव्यक्त। हम सब पहले अव्यक्त रहते हैं, अंत में भी अव्यक्त हो जाते हैं, केवल बीच की अवधि में व्यक्त होते हैं।[३]

वैसे, ईश्वर संपूर्ण सृष्टि का निर्माता है। फिर भी उसकी रचना में विषमताएँ दिखाई देती हैं। कोई सुखी है तो कोई दुःखी भी। क्या इस वैषम्य का निर्माता भी वही है? शास्त्रों का तो कहना है कि ईश्वर निष्पक्ष, निरपेक्ष और नियमों के अनुसार आचरण करनेवाला है; फिर यह विषमता क्यों? हमारे शास्त्रों ने ही इसका उत्तर दिया है—ईश्वर ने विषमताओं का निर्माण नहीं किया। इस वैषम्य के लिए पूर्वजन्म के हमारे कर्म ही कारणीभूत हैं। ईश्वर तो पर्जन्य समान है।[४] एक बीज में से गेहूँ का पौधा अंकुरित हो या चावल का, यह तो उस बीज पर ही निर्भर है न! परंतु उस बीज को यदि पानी नहीं मिला तो वह अंकुरित कैसे होगा? ईश्वर तो वर्षा समान होता है, बरसते मेघों जैसा है।

फिर एक शंका यह भी उठी कि जब प्रथमतः सृष्टि का निर्माण हुआ, उस समय तो कोई कर्म नहीं था। वह प्रथम सृष्टि तो विषमताहीन और

समत्वयुक्त होगी, तो इस स्थिति में विषमताओं का निर्माण कैसे हुआ? क्यों हुआ? इसका जवाब तो यही है कि सृष्टि कहें या संसार कहें—यह अनादि है, उसका प्रारंभ-बिंदु बताना सर्वथा असंभव है। जैसे वृत्त का प्रारंभ-बिंदु बताना संभव नहीं होता। पहले बीज या पहले अंकुर अथवा पहले मुरगी या पहले अंडा—यह बता पाना बड़ा कठिन है, बड़ा पेचीदा सवाल है। इसीलिए यह संसार चक्राकार है—यह मानकर ही इस शंका का निरसन किया जाता है। इसे 'बीजांकुर न्याय' भी कहते हैं।

ब्रह्म निर्गुण-निराकार है। ईश्वर भी उपाधि प्राप्त ब्रह्म ही है। अतः वह भी निर्गुण-निराकार ही हुआ; किंतु इस निर्गुण-निराकार का ध्यान करना साधारण व्यक्ति के लिए सरल नहीं होता। उसे तो एक प्रतीक की आवश्यकता होती है। फिर उपासकों ने अपनी-अपनी बुद्धि और विचारों के अनुसार प्रतीक ढूँढ़ लिये, जहाँ से मूर्तिपूजा का प्रारंभ हुआ। जो मूर्तिपूजा का विरोध करते हैं, वे भी कोई-न-कोई प्रतीक चुनते ही हैं। ईसाइयों ने 'क्रॉस' ढूँढ़ा, वह भी इसीलिए कि उनके धर्म संस्थापक को सूली पर चढ़ा दिया गया था। कुछ लोगों ने मक्का स्थित काबा नामक एक प्रस्तर को अपना प्रतीक चुना। किन्हीं लोगों ने हरे रंग को पवित्र माना, तो कुछ लोगों ने ग्रंथ को ही अपनी श्रद्धा का केंद्र मान लिया। यज्ञ को भी पवित्र माननेवाले लोग हैं। तात्पर्य यह कि इसी विचार और रीति से पवित्र प्रतीकों का निर्माण हुआ।

हमारी संस्कृति की यह मान्यता है कि इन सारे प्रतीकों को अस्तित्व का अधिकार है। 'सत्य' भले ही एकमेव हो; पर उसके नाम तो भिन्न हो सकते हैं।[५] गंतव्य स्थान एक हो, परंतु वहाँ पहुँचने के मार्ग तो अनेक हो सकते हैं।[६] अंतर यही होगा कि कोई मार्ग सरल होगा तो कोई वक्र; किंतु सिर्फ इसी कारण, केवल मेरा रास्ता ही सच्चा, इसका ढिंढोरा पीटते हुए असहिष्णुता का निर्माण और उस असहिष्णुता से जनमे खून-खराबे से भरा संघर्ष हमारी भूमि पर कभी हुआ नहीं। हमारी भूमि पर शास्त्रों पर चर्चा बहुत हुई, शस्त्रों का उपयोग नहीं हुआ।

'मूर्ति' का अर्थ आकार होता है और आकार बदलते ही उसका नाम भी बदल जाता है; पर सत्य वही होता है, सत्यभाव बदलता नहीं। लकड़ी के टुकड़ों को एक आकार प्रदान किया तो उसे 'कुरसी' कहा जाएगा, उन्हीं टुकड़ों को भिन्न आकार दिया गया तो 'मेज' कहलाएगी। दरवाजे, खिड़कियाँ,

अलमारी—ये सब उसी लकड़ी के भिन्न-भिन्न आकार हैं। इसीलिए उनके अलग-अलग नाम भी हैं, किंतु लकड़ी इन सब आकारों का सत्य है, वह बदला नहीं। इसी तरह इस सृष्टि में भी उसी परम सत्य ब्रह्म के अनेकानेक आकार दिखाई पड़ते हैं।

सत्य तो एकमेव होता है, लेकिन उसका साक्षात्कार सभी को एक जैसा ही हो, यह आवश्यक नहीं है। सत्य को ढूँढ़ निकालने के लिए या सत्य से साक्षात्कार करने के लिए अनेक विद्वान् पुरुषों ने तप किया, चिंतन-मनन किया और उन्हें जो कुछ मिला या समझ में आया, उसी का उपदेश किया और प्रचार-प्रसार भी किया। इन उपदेशों को संगृहीत किए ग्रंथों को पवित्र समझा जाने लगा। इन उपदेशों का श्रवण करनेवाले, ग्रंथों को पढ़कर उन्हें स्वीकार करनेवाले व्यक्ति कालांतर में समर्थक और भक्त बनते गए। इन भक्तों और अनुयायियों में अनुशासन तथा एकरसता लाने के लिए कुछ नियम बनाए गए, जिन्हें आज हम 'कर्मकांड' कहते हैं। प्रतिदिन स्नान करने के बाद ही पूजन करना चाहिए, तिलक लगाना चाहिए, हर शुक्रवार को नमाज पढ़ना चाहिए, हर रविवार को चर्च में जाना चाहिए—ये सब नियम लागू किए गए। किसी विशिष्ट दिन ही आनंदोत्सव मनाया जाए, किसी खास दिन, खास समय पर व्रत रखना चाहिए आदि नियम ही 'कर्मकांड' कहलाते हैं। उपासना के लिए तो कर्मकांड न केवल उपयुक्त होते हैं, बल्कि आवश्यक भी। ऐसे अनेक भक्त और अनुयायी एक ही स्थान पर मिल सकें, बैठ सकें, इसलिए उपासना के लिए एक स्थान भी चुना गया। कहीं पूजा होती है, कहीं केवल प्रार्थना; कहीं यज्ञ होता है तो कहीं शब्द-कीर्तन। स्वभावत: इन स्थानों को भी पवित्र समझा जाने लगा। इसी तरह एक-एक संप्रदाय बनता है। सत्यशोधक महापुरुष, उसे मिला ज्ञान या साक्षात्कार, उसके उपदेशों को समाविष्ट करनेवाला ग्रंथ, अनुयायियों के लिए विशेष नियम अथवा कर्मकांड तथा एक पवित्र स्थल—इन सबको मिलाकर एक संप्रदाय का निर्माण होता है। ऐसे अनेक संप्रदायों का सह अस्तित्व स्वीकार करनेवाली हमारी संस्कृति है, अथवा हमारी संस्कृति ही अनेक संप्रदायों का अस्तित्व स्वीकार करती है।

संप्रदायों में भी कुछ मतभेदों का होना स्वाभाविक है। कोई भी ज्ञान किसी विशिष्ट बिंदु पर जाकर समाप्त नहीं होता, उसमें और भी अधिक पूर्ति

होने, उसका निरंतर विकास होने की प्रक्रिया जारी रहती है। ये सारा नया ज्ञान अथवा उपलब्धियाँ पुराने मौलिक ज्ञान से सर्वथा दूर या हटकर नहीं होतीं, अपितु उसमें नया ज्ञान जुड़ता जाता है; परंतु पुराने ज्ञान को माननेवालों को यह स्वीकार नहीं होता, इस कारण एक संप्रदाय से अनेक उपसंप्रदाय या पंथ बनते हैं। ख्रिस्ती धर्म को ही लें, पोप के शासन को स्वीकार न करनेवाला, उसकी स्वायत्तता का विरोध करनेवाला मार्टिन लूथर नामक एक व्यक्ति निकल आया। उस व्यक्ति को येशु ख्रिस्त तथा 'बाइबल' स्वीकार तो थे, परंतु पोप का वर्चस्व, संपूर्ण ऐहिक क्षेत्र में पोप का हस्तक्षेप उसे कतई मान्य नहीं था। अतः उसने पोप का विरोध किया और 'प्रोटेस्टेंट' नामक एक उपसंप्रदाय का जन्म हुआ। इस नए पंथ के और उपपंथ बने—बाप्टीस्ट, प्रेसविटेरियन आदि। इसलाम के भी शिया, सुन्नी, कादियानी आदि उपसंप्रदाय बने। बौद्धों में भी महायान और हीनयान उपपंथ हैं। जैनियों में श्वेतांबर और दिगंबर तथा सिखों में अकाली और निरंकारी पंथ हैं। वैदिकों में भी शैव, वैष्णव, शाक्त आदि अनेक पंथ हैं। आकार में थोड़ा फर्क करते ही नए पंथ का जन्म होता है। रोजमर्रा के व्यवहार में भी हम देखते हैं कि 'मेज' नामक वस्तु के राइटिंग टेबल, ड्रेसिंग टेबल, डायनिंग टेबल, ऑपरेशन टेबल, डेस्क आदि अनेक आकार अथवा उपयोग के अनुसार वस्तुएँ बनती हैं। इन सारे भेदों का स्वागत करना जहाँ हमारी संस्कृति की विशेषता है वहीं इनका तिरस्कार तथा कट्टर विरोध करना अन्य संस्कृतियों की खासियत है। विभिन्न आकारों को, विभिन्न भेदों को, विभिन्न सिद्धांतों और दर्शनों को मान्यता देते हुए उनके अस्तित्व का विरोध न करना हमारी परंपरा है। प्रजातंत्र के लिए आवश्यक मानसिकता हमारे यहाँ विद्यमान है। इसी मानसिकता के कारण नास्तिकों को हमारी भूमि में आकर अपना मत व्यक्त करने का अवसर मिला। इसके विपरीत जो लोग 'मेरा मार्ग ही सच्चा है' प्रतिपादित करते हैं, उन्होंने मानवता पर अमानुष अत्याचार किए हैं। ख्रिस्तियों ने 'इन्क्वीझिशन' नामक न्यायालयों की स्थापना कर अपने विरोधियों को जिंदा जला डाला। कैथोलिकों ने तो प्रोटेस्टेंट पंथीय धर्मगुरुओं को अग्नि में जीवित झोंक दिया। इसलाम को स्वीकार न करनेवालों की चमड़ी उतार दी गई। अल्लाह और उसके द्वारा भेजे गए प्रतिनिधि मुहम्मद पैगंबर को कादियानी पंथीय लोग

'अंतिम पैगंबर' नहीं मानते, भले ही वे कुरान शरीफ को मानते हैं। केवल इसी कारण पाकिस्तान में कादियानी मुसलमानों की प्रताड़ना होती रहती है। हमारी संस्कृति इस पागलपन से अलिप्त रही है, क्योंकि हमने कालानुरूप परिवर्तन का स्वागत किया है। हमने 'धर्म तत्त्वों' को शाश्वत समझा है, उन्हें स्थिर माना है, फिर भी हमारे यहाँ 'युगधर्म' के लिए अवसर रहा है। भिन्न युगों में युगधर्म भी भिन्न रहा है।

युगधर्म को मान्यता देने का अर्थ नए आविष्कारों को अवसर देना, नए परिवर्तनों को स्थान देना है। यह हमारी संस्कृति की एक प्रमुख पहचान और विशेषता है।

टिप्पणी

१. तदैक्षत बहु स्यां प्रजायेयेति। (छांदोग्योपनिषद्)

२. अपरेयमितस्त्वन्यां प्रकृतिं विद्धि मे पराम्।
जीवभूतां महाबाहो ययेदं धार्यते जगत्॥ (भगवद्गीता, ७।५)

३. अव्यक्तादीनि भूतानि व्यक्तमध्यानि भारत।
अव्यक्तनिधनान्येव तत्र का परिदेवना॥ (भगवद्गीता, २।२८)

४. ईश्वरस्तु पर्जन्यवत् द्रष्टव्यः। —ब्रह्मसूत्र शांकरभाष्य, अध्याय २, प्रथम पाद।

५. एकं सद् विप्रा बहुधा वदन्ति।

६. रुचीनां वैचित्र्याद् ऋजुकुटिलनानापथजुषां
नृणामेको गम्यस्त्वमसि पयसामर्णव इव॥ (शिवमहिम्नःस्तोत्र, श्लोक ७)

□

धर्म का स्वरूप

पिछले अध्याय में ईश्वर की उपासना के बारे में थोड़ी चर्चा हुई है। हमारी संस्कृति का कहना है कि मनुष्य को ईश्वर का साक्षात्कार हो सकता है। अन्यत्र इतना उच्च विचार संभव ही नहीं है; परंतु उनकी इतनी मान्यता अवश्य है कि मनुष्य ईश्वर से अपना संबंध जोड़ सकता है। उनकी मान्यता के अनुसार, ईश्वर प्रत्यक्ष रूप से पृथ्वी पर अवतरित नहीं हो सकता; परंतु उसका पुत्र अवश्य आ सकता है। ख्रिस्ती धर्म की मान्यता है कि येशु ख्रिस्त ईश्वर का पुत्र है। जन-कल्याण के लिए तथा विश्व के लोगों को पाप से मुक्ति दिलाने के लिए ही उसका जन्म हुआ है। उसके उपदेशों के अनुसार व्यवहार करने पर ही पुण्य अर्जित होता है और न चलने पर मनुष्य पाप का भागी होता है। पुण्य अर्जित करनेवालों को ही स्वर्ग मिलता है और पाप करनेवालों को नरक नसीब होता है। किसे स्वर्ग मिले और किसे नरक, यह निर्णय ईश्वराधीन है।

इसलाम में भी लगभग ऐसी ही मान्यता है। अंतर केवल इतना है कि धरती पर ईश्वर का पुत्र न आकर उसका दूत आता है। 'पैगाम' का अर्थ संदेश होता है, और जो ईश्वर का यह संदेश लेकर धरती पर आया, वह पैगंबर हुआ। मुहम्मद साहब के पूर्व भी अनेक पैगंबर हुए थे; किंतु मुहम्मद आखिरी पैगंबर रहे, उनके पश्चात् और कोई आनेवाला नहीं है। मुहम्मद साहब को ही ईश्वर से साक्षात् ज्ञान की प्राप्ति हुई और इस ज्ञान का संग्रह करनेवाली किताब को 'कुरान शरीफ' कहा जाता है। इस पुस्तक में दिए गए निर्देशों के अनुसार व्यवहार करना ही पुण्यकारक और उसकी अवज्ञा करना पाप होता है। इस

'पाप' और 'पुण्य' का निर्णय भी कयामत के दिन अल्लाताला द्वारा किया जाएगा तथा इस निर्णय के अनुसार ही स्वर्ग या नरक मिलेगा। कुरान हो या बाइबिल—सभी मनुष्य को ईश्वर से जोड़नेवाले या उसके राज्य में ले जानेवाले ग्रंथ ही हैं। ईश्वर से जोड़ने के लिए इस संसार-सागर में की जानेवाली जो प्रक्रिया अथवा व्यवस्था है, उसे ही 'रिलीजन' कहा जाता है। इसलाम के अनुसार इसे 'मजहब' कहा गया है। 'रिलीजन' या 'मजहब' मानव को ईश्वर से जोड़नेवाली प्रक्रिया ही है।

हमारे देश में 'रिलीजन' अथवा 'मजहब' के लिए 'धर्म' शब्द का प्रयोग होता है; लेकिन 'धर्म' केवल रिलीजन या मजहब नहीं। रिलीजन या मजहब तो धर्म का एक अंग है, संपूर्ण धर्म नहीं है। रिलीजन और मजहब दोनों पारमार्थिक या मृत्यु के पश्चात् कल्याण का मार्ग दिखाते हैं। हमारी संस्कृति का कहना है कि धर्म का संबंध पारमार्थिकता से तो है ही, ऐहिकता से भी है। जिस प्रक्रिया की साधना से ऐहिक वैभव तथा पारमार्थिक कल्याण या मोक्ष दोनों मिलते हों वही 'धर्म' है।[१] धर्म की हमारी यही परिभाषा है। इसके सिवाय धर्म की एक और परिभाषा है—'जो धारण करता है वही 'धर्म' है।' संस्कृत धातु 'धृ' से 'धर्म' शब्द की उत्पत्ति हुई है। उसका भी आशय यही है। 'धर्म' धारण करता है—प्रजा को, लोगों को और समस्त प्राणिमात्र को। यहाँ प्रजा का तात्पर्य केवल मनुष्य या मानव जाति से ही नहीं है, जिन-जिनका जन्म हुआ है, वह सब प्रजा होती है। धर्म प्रजा की धारणा करता है। इसीलिए उसे 'धर्म' कहा गया है।[२] हमारे शास्त्रों में यही बताया गया है। 'धृ' धातु का अर्थ 'जोड़ना' भी होता है, अतः जो जोड़ता है वह 'धर्म' हुआ।

पिछले अध्यायों में हमने 'धर्मशाला' शब्द का उल्लेख किया है। 'धर्मशाला' के माध्यम से व्यक्ति खुद को समाज से जोड़ लेता है। हमारी भाषा में पितृधर्म, पुत्रधर्म, स्त्रीधर्म, राजधर्म आदि अनेक शब्द प्रचलित हैं। इन सारे शब्दों का तात्पर्य एक को दूसरे से जोड़ने का ही है। जिन कर्तव्यों से एक पिता खुद को अपने पुत्रों से जोड़ लेता है, वह 'पितृधर्म' हुआ और एक पुत्र जिन कर्तव्यों द्वारा स्वयं को अपने माता-पिता से जोड़ता है, वह 'पुत्रधर्म' है। इसी प्रकार अपने पति से जिन कर्तव्यों द्वारा स्त्री जुड़ती है वह 'स्त्रीधर्म' कहा जाएगा। राजा को अपनी प्रजा से जोड़नेवाले जो कर्तव्य हैं,

वे 'राजधर्म' कहलाएँगे। संसार में मनुष्य तो अकेला नहीं रहता। अतः उसे समाज से जोड़नेवाले अर्थात् अन्य मनुष्यों से जोड़नेवाले जो कर्तव्य होंगे, वही 'मानवधर्म' होगा।

परंतु इस सकल चराचर विश्व में क्या मानव व्यक्ति और मानव समाज का ही अस्तित्व है? नहीं। पशु-पक्षी, नदी-नाले, पर्वत-वनस्पति आदि भी हैं; जल, वायु, प्रकाश, आकाश भी तो हैं। नक्षत्र हैं, ग्रह हैं—इन सबसे मानव को जुड़ना भी उतना ही जरूरी है। और यह मिलन भी तो सम्मानजनक, आदरपूर्वक होना चाहिए। इसी दृष्टि से नदियों, प्राणियों और वनस्पतियों को हमने जननी यानी माता का स्थान दिया है। इसकी अल्प चर्चा गत अध्याय में हो चुकी है। सभी को 'माता' मानना भले ही संभव नहीं है, फिर भी उन्हें आदरणीय स्थान तो दिया ही जा सकता है। इसी दृष्टि से मानव से भिन्न संपूर्ण प्रकृति को भी हमारी संस्कृति ने 'पूज्य' माना है। इसी प्रकृति की पूजा करना भी धर्म ही है। अनेक लोग कहते हैं—'ये हिंदू कितने मूर्ख हैं। वृक्षों को भी भगवान् समझते हैं, पशुओं को भी भगवान् मानते हैं!' वास्तव में इस उपासना के पीछे जो उदात्त भावना है, उसकी समझ ही ऐसे लोगों को नहीं है। हम वृक्ष को भगवान् मानते हैं, इसका अर्थ हम वृक्षों में ईश्वर को देखते हैं। पशुओं में भी ईश्वर को देखते हैं, इसलिए उनकी पूजा होती है। परंतु उनके वृक्षत्व अथवा पशुत्व को हम नकारते नहीं हैं। अंततः यह सारी सृष्टि उन्हीं की तो है! जैसे हम वैसे वे। इसे ही 'विश्वात्मैक्य' कहा जाता है। मुझमें जो चैतन्य है, वह सारे विश्व में है, इसीलिए दोनों में एकात्म साधना ही 'विश्वात्मैक्य' होगा। सारा विश्व केवल मनुष्य के उपभोग के लिए ही नहीं बना है, हम भी उसके उपयोग के लिए हैं—यही हमारी संस्कृति की सीख है। सारे विश्व में आपसी सहयोग और सामंजस्य है। प्रकृति की संपूर्ण शक्तियाँ—यानी प्रकाश, वायु, अग्नि, जल, पृथ्वी—सभी देवता हैं। वे हमारी सहायता करते हैं तो हमें भी उनकी सहायता करनी चाहिए, उनका यथोचित सम्मान करना चाहिए। इसी आशय से पंचमहाभूतों की पूजा बतलाई गई है। आपसी सहयोग ही कल्याणकारी होता है।[३] यह 'भगवद्गीता' का संदेश है। दूसरों के लिए निरपेक्ष भावना से किया गया कार्य ही 'यज्ञ' है। इसी यज्ञ-भावना से यदि निसर्ग शक्ति की पूजा की जाए तो वे शक्तियाँ मनुष्य को जो चाहे वह

वस्तु प्रदान करती हैं। हमें जहाँ से भी जितना कुछ मिलता है, उसमें से यदि थोड़ा सा भी हमने वहाँ वापस नहीं किया तो वह चोरी होगी।[४] यह 'भगवद्गीता' का कठोर इशारा है। तात्पर्य यह कि मनुष्य मात्र ही नहीं बल्कि प्रकृति से भी मनुष्य को जोड़नेवाले जो कर्तव्य हैं, वे भी 'धर्म' ही होते हैं।

इतना ही नहीं, जिस चैतन्य के कारण हम जीते हैं, जिसकी उपस्थिति से भोग-विलास करते हैं और हम जिस चैतन्य के एक अंश हैं, उस परम चैतन्य से या परमात्मा से जुड़ जाने को भी तो 'धर्म' कहेंगे। यह सारा 'रिलीजन' का क्षेत्र है। जन्म-मरण के चक्र से मुक्ति अर्थात् परमात्मा से साक्षात्कार को ही 'मोक्ष' कहते हैं, जो हमारा परम साध्य होता है। इस परम साध्य को प्राप्त करने के जो मार्ग हैं वे सारे 'धर्म' के मार्ग होते हैं। इसी मार्ग को 'योग' कहा जाता है—योग अर्थात् जुड़ना। ज्ञान, कर्म और भक्ति—ये तीन प्रमुख जुड़न मार्ग हैं। इन्हें ही आगे चलकर 'ज्ञानयोग', 'कर्मयोग' तथा 'भक्तियोग' कहा गया है। ये तीनों मार्ग परस्पर विरोधी नहीं हैं। अंतर केवल इतना ही है कि किसको ज्यादा अधिमान दिया जाय।

तात्पर्य यह कि व्यक्ति, समाज, सृष्टि और परमात्मा को जोड़नेवाला जो सूत्र है, वह ही 'धर्म' है। और यही धर्म की हमारी व्यापक अवधारणा है। शास्त्रीय भाषा में हम इन्हीं चार अस्तित्वों को 'व्यष्टि', 'समष्टि', 'सृष्टि' और 'परमेष्टि' कहते हैं—और इन चारों को जोड़नेवाला सेतु धर्म है; पर यह सेतु एकमेव हो, यह आग्रह नहीं है। इसी कारण विभिन्न प्रकार के मतों, श्रद्धाओं, उपासना-पद्धतियों तथा संप्रदायों के अस्तित्व को हमने मान्यता दी है। बस सावधानता यही रखनी चाहिए कि जिन मतावलंबियों को अपने सिवाय दूसरों का अस्तित्व मान्य नहीं है, उन्हें हमारी उदारता का लाभ नहीं मिलना चाहिए। हमारी संस्कृति इस प्रकार की उदारता से अन्यों द्वारा लाभ उठाने की प्रवृत्ति को मान्यता नहीं देती, यह बात हमें भलीभाँति समझ लेनी चाहिए। इसका कारण यही है कि इस प्रकार की विवेक-बुद्धि का अभाव अकसर देखने में आया है, और हमारे संस्कृति-संपन्न होने के बावजूद अन्य असंस्कृत जातियों ने हमपर आक्रमण करके हमारी संस्कृति को नष्ट करने में सफलता पाई है। इन असंस्कृत जातियों से जूझते समय उनके स्वभाव और चरित्र का भी ध्यान रखना पड़ता है। क्षत्रियों के अत्याचार से पृथ्वी को मुक्ति

दिलाने के लिए परशुराम को क्षत्रिय होना पड़ा था—यह तो हमारे पुराणों की सीख है। अधर्माचारी दुर्योधन की कमर के नीचे प्रहार करने के लिए भीम को अपनी गदा उठानी पड़ी थी—यह इतिहास ही हमें बताता है। शिवाजी को जिंदा या मुरदा पकड़कर लाने का बीड़ा लिये अफजलखान को सामने आते ही बघनखों से वार कर यमधाम पहुँचाने का प्रसंग तो हमारा आधुनिक इतिहास बताता ही है। हमें इन प्रसंगों को कतई भूलना नहीं चाहिए। अपने ही सिद्धांतों की हथकड़ी पहनकर अन्यों के दुराचार का भक्ष्य बनने का पागलपन छोड़ने में ही अपने धर्म एवं संस्कृति की रक्षा निहित है।

टिप्पणी

१. यतोऽभ्युदयनिःश्रेयससिद्धिः स धर्मः।
२. धारणाद् धर्म इत्याहुः धर्मो धारयति प्रजाः॥
३. देवान्भावयतानेन ते देवा भावयन्तु वः।
परस्परं भावयन्तः श्रेयः परमवाप्स्यथ॥ (भगवद्गीता, ३।११)
४. इष्टान्भोगान्हि वो देवा दास्यन्ते यज्ञभाविताः।
तैर्दत्तानप्रदायैभ्यो यो भुङ्क्ते स्तेन एव सः॥ (भगवद्गीता, ३।१२)

□

ऐहिक व्यवस्था

इस विश्व में जन्म लेना कोई दुःखद बात नहीं है, इसीलिए हमारी संस्कृति में 'आत्महत्या' को पाप माना गया है। शरीर अवश्य हमारा है, परंतु इसे समाप्त करने का अधिकार हमारा नहीं होता। जन्म हुआ है तो जीवन-यापन करना ही होगा। पर कितने समय के लिए जीवित रहने की आशा करनी चाहिए? 'ईशोपनिषद्' में कहा गया है कि 'सौ साल तक कर्म करते रहने के लिए जीवित रहने की आकांक्षा होनी चाहिए।'[१] कर्म करते रहने के लिए जीवित रहना हो तो सभी इंद्रियों को सक्षम रहना जरूरी है। इसीलिए वैदिक प्रार्थना की गई है कि 'हमें सौ शरद् ऋतु देखना है, सौ शरद् ऋतु सुनना है, सौ शरद् ऋतु जीवित रहना है।'[२] आँख और कान अर्थात् देखना और सुनना सांकेतिक है। सभी इंद्रियों को भलीभाँति सक्षम रखकर जीवन-यापन करना ही इसका मूल अर्थ है। 'अथर्ववेद' से संबद्ध अनेक उपनिषदों में उद्धृत शांति मंत्रों में यही कामना व्यक्त की गई है—'हे देवी-देवता! आपकी स्तुति करते हुए हमें सुदृढ़ शरीर और मजबूत अवयवों युक्त भगवान् द्वारा दिया जीवन प्राप्त हो।'[३]

तात्पर्य यह कि हमारा जीवन जिंदा रहने के लिए है। निराशा अथवा विफलता के कारण जीवन से दूर भागना हमारी संस्कृति को कदापि मान्य नहीं। जीवन में संकट तो आएँगे ही, दुःख भी होगा; पर इन संकटों पर हमें विजय भी तो मिल सकती है। हमें होनेवाले दुःख को हम समाप्त कर सकते हैं, सुख की प्राप्ति कर सकते हैं—यह विश्वास मनुष्य में सदा जाग्रत् रखने की शिक्षा हमारी संस्कृति ने हमें दी है। इसीलिए हमारे देश में जितने प्राचीन

नाटक हैं, उनका अंत सुख में ही हुआ है। यही नहीं, उन नाटकों को सुखांत बनाने के लिए कवियों ने अपनी प्रतिभा के अनुसार घटित घटनाओं में आवश्यक परिवर्तन भी किए हैं। इसका एकमात्र कारण यही है कि ये नाटक सार्वजनिक मनोरंजन का साधन होने से आम जनता द्वारा उन्हें देखना स्वाभाविक है, और उन्हें देखने पर सर्वसाधारण व्यक्तियों में यही विश्वास जाग्रत् होना चाहिए कि जीवन में संकट कितने भी क्यों न आएँ, अंत में सुख की प्राप्ति होती है। हाँ, उसके लिए प्रयत्न करने की आवश्यकता अवश्य होती है।

सिसीफस[४] को अपने जीवन में कोई सार्थकता नजर नहीं आई। उसकी कथा का सार यही है कि चाहे कितनी भी उठा-पटक क्यों न की जाए, अंततः दुःख ही प्राप्त होता है। पर हमारी संस्कृति को यह मान्य नहीं है। उसकी सीख यही है कि चाहे बार-बार जन्म क्यों न लेना पड़े, अंत में परमसिद्धि की प्राप्ति होकर रहेगी।[५] 'भगवद्गीता' का तो यह स्पष्ट आश्वासन है कि 'कल्याणकारी कर्म करनेवाला व्यक्ति कभी भी दुर्गति को प्राप्त नहीं होगा।'[६]

इस विश्व के साथ मनुष्य का बड़ा आत्मीयतापूर्ण संबंध है। वह अकेला नहीं है।[७] मनुष्य के हाथों जो भी अच्छे-बुरे कर्म होते हैं, उसका फल उसे मिलता है। इसी कारण उसे जन्म-मृत्यु के फेरे में फँसना पड़ता है। पर मोक्ष कैसे मिलेगा? शास्त्रों का कहना है कि मोक्ष-प्राप्ति के लिए कर्म का त्याग करना जरूरी नहीं है, कर्म किसी से भी छूटता नहीं। हम देखते हैं, सुनते हैं, बोलते हैं, खाते हैं, पीते हैं—आखिर ये सब कर्म ही हैं न! इनसे छुट्टी कैसे मिल सकती है? ये निसर्ग दत्त ही नहीं बल्कि हमने अपनी इच्छा से इन्हें अंगीकृत कर लिया है। अतः इनका निर्वहण भी हमें आस्थापूर्वक करना चाहिए। किंतु उससे होनेवाली फल-प्राप्ति के प्रति आसक्ति नहीं होनी चाहिए। संन्यास का अर्थ 'कर्म-त्याग' नहीं होता। संन्यास का अर्थ है कर्मफल की आसक्ति का त्याग। 'भगवद्गीता' का संदेश यही है कि संन्यास का तात्पर्य 'कर्मफल-त्याग' से है। आगे चलकर उसका यही कहना है कि जिस प्रकार कोई आसक्त व्यक्ति पूरा मन लगाकर काम में भिड़ जाता है उसी प्रकार ज्ञानी पुरुषों को अपने कर्म करने चाहिए, केवल फल-प्राप्ति की आसक्ति नहीं होनी चाहिए।[८] ज्ञानी पुरुष यदि निष्क्रिय रहेगा तो सर्वसाधारण लोग उसी का अनुकरण करेंगे[९] और वे भी निष्क्रिय तथा आलसी बन जाएँगे।

फिर तो विश्व का काम ही रुक जाएगा। इसीलिए इस विश्व का कारोबार चलते रहने के लिए ज्ञानी पुरुषों को पूरा मन लगाकर कर्म करते रहना चाहिए। 'गीता' में उल्लिखित 'लोक-संग्रह' शब्द का अर्थ ही 'जनजीवन' अथवा 'जगरीति' है।

लेकिन कर्मफल के बारे में कोई आसक्ति न रखते हुए उत्कृष्ट रीति से सारे कर्म करना भी कैसे संभव होगा? हमारी संस्कृति की मान्यता है कि यह भी संभव है। उसे मार्ग भी बताए गए हैं—हमारे हिस्से में जो भी काम आया है, वह काम हमें अपने लिए ही नहीं बल्कि समाज के लिए करना है—इस भावना से काम पूरा करने पर वह काम भी उत्कृष्ट होता है। संत ज्ञानेश्वर का कहना है कि हमारा कर्म भगवान् की पूजा करने के लिए चुना गया एक पुष्प है। पूजा के लिए हम कोई निर्गंध, सूखा हुआ या सड़ा हुआ फूल थोड़े ही चुनते हैं? सुंदर, ताजे, सुगंधयुक्त फूल ही ईश्वर की अर्चना के लिए उपयुक्त होते हैं। इसी प्रकार हमारे कर्म भी ताजे, सुंदर फूलों जैसे उत्कृष्ट होने चाहिए। ईश्वर यानी समाज रूपी ईश्वर ही तो ऐसे फूलों की पूजा से संतोष प्राप्त करता है।[१०]

तात्पर्य यह कि यदि हमने जन्म लिया है तो उस जन्म को सार्थक बनाना चाहिए। उसकी सार्थकता कर्म करने में है, कर्म का त्याग करने में नहीं। संन्यास का तात्पर्य 'कर्म-त्याग' से नहीं है, बल्कि कर्म में त्याग की भावना ही 'संन्यास' है।

मनुष्य जन्म निरर्थक नहीं होता, उसकी कुछ सार्थकता भी होती है। हमारी संस्कृति में मनुष्य जन्म का प्रयोजन बताया गया है चार पुरुषार्थों की प्राप्ति। किसी भी शुभ कार्य का आरंभ करते समय एक संकल्प लेना पड़ता है, जिसमें यही कहा गया है कि चारों पुरुषार्थों की प्राप्ति के लिए मैं यह शुभ कार्य कर रहा हूँ। ये चार पुरुषार्थ हैं—धर्म, अर्थ, काम और मोक्ष। अर्थ और काम प्राकृतिक प्रवृत्तियाँ हैं। 'अर्थ' का मतलब है जो प्राप्त नहीं हो सका, उसे स्वाधीन करने की वृत्ति और 'काम' यानी इंद्रियों को जो प्रिय है, उसे तृप्त करने की इच्छा। अपनी संस्कृति का कहना है कि अर्थ-प्रवृत्ति और काम-प्रवृत्ति को जोर-जबरदस्ती से दबाना नहीं चाहिए। और वैसा करना संभव भी नहीं होगा। फिर इसका मार्ग कौन सा? मार्ग है अर्थ और काम को धर्म के द्वारा

नियंत्रित करना। पसंद की चीज दिखाई देतें ही उसपर झपट पड़ना कहाँ तक उचित है? वह चीज उचित है या अनुचित, यह भी तो देखना चाहिए। इसी उचित-अनुचित को देखने की सीख धर्म द्वारा दी जाती है। इसके पूर्व के परिच्छेद में धर्म पर चर्चा की गई है—जो प्रजा का धारण करता है, वही धर्म है। जन-कल्याण के लिए जो नीतियाँ सुनिश्चित होती हैं, वही धर्म होता है। धर्म यानी नीतिमत्ता, धर्म यानी सज्जनता, धर्म यानी मानवता। धर्म केवल पूजा या प्रार्थना मात्र नहीं है। इसी धर्म का निर्वाह करते हुए अर्थ और काम की पूर्ति करना है। 'भगवद्गीता' में प्रत्यक्ष भगवान् ने ही कहा है, 'जो काम धर्म के प्रतिकूल नहीं है, वही मैं हूँ।'[११]

केवल व्यक्तिगत जीवन में ही नहीं, सामाजिक जीवन में भी काम और अर्थ के प्रवाह विद्यमान रहते हैं। उन्हें धर्म के किनारों के बीच प्रवाहित होते रहना चाहिए। जब तक नदी का जल दोनों किनारों के बीच बहता रहता है तब तक वह सभी के लिए सुखदायक एवं लाभकारी होता है, सभी उसे ग्रहण करते हैं, जीवनदायी मानते हैं; परंतु बाढ़ आने पर वह किनारों को लाँघकर जब बस्तियों में घुसता है तब उस कीचड़ भरे पानी को कोई ग्रहण करता नहीं। उससे फसलें नष्ट होती हैं। वह विनाश का कारण बन जाता है। इसी प्रकार धर्म की मर्यादा से होकर जानेवाला काम और अर्थ व्यक्ति एवं समाज—सभी के लिए लाभदायक होता है। इसीलिए हमें सदा यही कहा जाता है कि अर्थ-प्राप्ति धर्मानुसार करो, काम-तृप्ति भी धर्मानुसार करो।

धर्म के इस आधार पर अथवा मर्यादा के कारण मनुष्य की पाशव भावना भी अधिक उन्नत और उदात्त होती है। स्त्री एवं पुरुष के बीच प्राकृतिक दृष्टि से ही आकर्षण होता है और इस आकर्षण के कारण उत्पन्न इच्छा की पूर्ति पशु भी करते हैं; परंतु मनुष्यों को इस ढंग का व्यवहार नहीं करना है। समाज ने 'विवाह' संस्था का निर्माण किया है। हमारी संस्कृति में विवाह महज काम-तृप्ति का साधन न होकर एक पवित्र बंधन है। वह धर्म का अधिष्ठान है।

विवाह-सूत्र में बँधा व्यक्ति 'गृहस्थ' होता है तथा उस गृह की स्वामिनी 'गृहिणी' होती है। गृहिणी के बिना घर तो बियाबान जंगलों जैसा होता है।[१२]

महाकवि कालिदास ने तो 'गृहस्थाश्रम' को 'सभी आश्रमों पर उपकार करनेवाला' कहकर गौरवान्वित किया है। 'सर्वोपकारक्षम'! सर्वोपकार, अर्थात् समस्त लोगों को उपकृत करनेवाला! गृहस्थ को अकेले भोजन नहीं करना चाहिए। अकेले भोजन करनेवाला व्यक्ति केवल पाप एकत्रित करता है।[१३] अतः उसे अतिथि का सत्कार करना चाहिए। उसे विद्यार्थियों की भी सहायता करनी चाहिए। अपना सुख पड़ोसियों के साथ बाँटना चाहिए। उनके दुःख में अपना सहभाग जतलाना चाहिए। 'पड़ोसी-धर्म' केवल हमारी संस्कृति में ही मिलता है। पड़ोस में यदि आग लग गई हो और यदि कोई व्यक्ति उस आग को बुझाने के लिए दौड़कर नहीं जाता तो उसे दंडित करने का प्रावधान चाणक्य ने अपनी पुस्तक 'अर्थशास्त्र' में किया है। हमारी संस्कृति में गृहस्थाश्रम को सम्मानित किया गया है तथा गृहस्थ धर्म को श्रेष्ठता प्रदान की है।

मनुष्य की आयु सीमा सौ वर्ष होने की कल्पना के पश्चात् हमारी संस्कृति ने उसके चार भाग कर दिए हैं। इन चार भागों को 'आश्रम' कहा गया है। जिस प्रकार ये आश्रम श्रम-परिहार के स्थान हैं उसी प्रकार तपश्चर्या के भी स्थान हैं। ब्रह्मचर्य, गृहस्थ, वानप्रस्थ और संन्यास—ये चार आश्रम हैं। इनकी कई विशेषताएँ हैं, और हर एक का अलग-अलग महत्त्व भी है। 'ब्रह्मचर्याश्रम' ज्ञान और विद्यार्जन करने का आश्रम है। इस अवधि में मनुष्य को केवल ज्ञान प्राप्त करने और विद्याएँ हासिल करने का ही विचार करना चाहिए। 'ब्रह्म' यानी वेद और वेद का अर्थ 'ज्ञान' होता है। ज्ञान की उपासना करनेवाला व्यक्ति 'ब्रह्मचारी' होता है। ज्ञान की उपासना करते समय मन इधर-उधर भटकना नहीं चाहिए, किसी भी आकर्षण में लिप्त नहीं होना चाहिए, इस उद्‌देश्य से कुछ नियम बताए गए हैं, जिन्हें 'ब्रह्मचर्य' कहते हैं। ज्ञान की उपासना केवल ब्राह्मण को ही नहीं, बल्कि सभी को करनी चाहिए। महाकवि कालिदास ने 'रघुवंश' के राजाओं की विशेषता बताते हुए कहा है कि ये राजा बाल्यकाल में ही सारी विद्याओं का अभ्यास करते थे।[१४] वैश्य, शूद्र—सभी इस आश्रम-काल में विद्याएँ तो सीखते ही थे, सत्य तत्त्व का ज्ञान भी प्राप्त करते थे। वेदाभ्यास में पारंगत होने के बाद घमंडी बने पुत्र को ब्रह्मज्ञान प्राप्त करने के लिए पिता द्वारा पुत्र को एक कसाई के पास भेजे जाने की कथा हमारे उपनिषद् में है।

हमारे देश में अंग्रेजी शासन लागू होने के बाद यह गलत प्रचार किया गया कि केवल ब्राह्मण ही शिक्षा प्राप्त करते थे और अन्य को ज्ञान-प्राप्ति से वंचित रखा जाता था। यह सरासर गलत और निराधार प्रचार था। क्षत्रियों के अभ्यास-क्रम में तीन वेद, तर्कशास्त्र, अर्थशास्त्र एवं राज्यशास्त्र विद्याओं का समावेश था। अंग्रेजों के आगमन के पूर्व हमारा देश अंतरराष्ट्रीय व्यापार में अग्रसर था। क्या यह व्यापार ब्राह्मण करते थे? व्यापार करने के लिए कुछ हिसाब-किताब भी तो रखना पड़ता है; फिर इसके लिए क्या शिक्षा की आवश्यकता नहीं थी? निस्संदेह उनकी शिक्षा का भी प्रावधान था। प्राचीन निर्माण-कार्य के नमूने देखने पर हम आज भी दाँतों तले अँगुली दबा लेते हैं। जिन लोगों ने एलोरा की गुफाओं में शिल्पकारी की है उनमें वास्तु शिल्प का कितना गहन ज्ञान रहा होगा! दिल्ली में कुतुब मीनार के पास जो जय स्तंभ है, वह सैकड़ों वर्षों से आँधी और वर्षा के थपेड़ों को सहते हुए आज भी सिर ऊँचा किए खड़ा है। उसपर नाम मात्र का भी जंग नहीं लगा है। धातुशास्त्र के गहन ज्ञान के बिना ऐसी चीज खड़ी करना क्या कभी संभव है? ढाका की मलमल तो सुप्रसिद्ध है ही। भारत की जनता कपास, रेशम और उनसे बने वस्त्रों का उपयोग करती थी। बुनाई कला का अच्छा ज्ञान रहे बिना क्या ऐसी निर्मिति संभव है? गणित में भारत की प्रगति ने तो विश्व को चकाचौंध कर ही दिया है। इसके सिवाय वैद्यक, कृषि, नौकायन आदि क्षेत्रों में भी भारतीयों ने प्रगति के विशिष्ट उच्चांक प्राप्त किए हैं। उड़ीसा के व्यापारी कार्तिक पूर्णिमा के दिन व्यापार के लिए निकलते थे। उनके लिए समुद्री तूफानों का सामना करने योग्य नाव कौन बनाता था? कृषि के तो अनेक प्रकार प्राचीन काल से चले आ रहे हैं—एक पद्धति थी देवमातृक, अर्थात् पर्जन्य वृष्टि से की जानेवाली खेती और दूसरी थी 'अदेवमातृक', यानी नहरों द्वारा सिंचाई करके फसल तैयार करने की। तो क्या ये नहरें बनाना और छोटे-छोटे बाँधों से सिंचाई करना निरक्षर एवं मूढ़ लोगों का काम था? सन् १९३० में हुई गोलमेज परिषद् के समय महात्मा गांधी लंदन गए थे। उस समय एक सभा में भाषण करते हुए उन्होंने कहा था कि 'अंग्रेजों का आगमन होने से पूर्व हमारे देश में साक्षरता अधिक थी, अंग्रेजों ने हमारे अच्छे शिक्षा रूपी वृक्ष का नाश कर दिया है।' वहाँ उपस्थित एक अंग्रेज ने महात्मा गांधी के उपर्युक्त

कथन पर आपत्ति प्रकट की थी और प्रमाण भी माँगे थे। इसपर गांधीजी ने कहा कि 'मैं सारे प्रमाण अपने साथ तो लाया नहीं, परंतु आपके पास अवश्य भेज दूँगा।'

बाद में स्वतंत्रता आंदोलन की व्यस्तता के कारण गांधीजी ये प्रमाण भेज नहीं सके। परंतु प्रो. धर्मपाल ने गांधी-वाक्य को सत्य सिद्ध करने के लिए सारे प्रमाण एकत्रित किए और 'ब्यूटीफुल ट्री' (सुंदर वृक्ष) नामक एक पुस्तक लिखी। इसमें जो प्रमाण दिए गए हैं वे अंग्रेजी शासनाधिकारियों द्वारा ही एकत्रित किए हुए थे। तत्कालीन गवर्नर जनरल ने बंगाल, मद्रास तथा बंबई क्षेत्रों के गवर्नरों को पत्र लिखकर उन प्रदेशों में शिक्षा की स्थिति के बारे में रपट माँगी थी। इन क्षेत्रीय गवर्नरों के अधीनस्थ कलेक्टरों से जानकारी एकत्रित कर उसे वरिष्ठ अधिकारी को भेजा। प्रो. धर्मपाल ने यही जानकारी अपनी पुस्तक में दी है।

उस रपट से यह स्पष्ट दिखाई देता है कि बहुतांश गाँवों में स्कूल तथा शालाएँ ऐसी थीं, जिनमें सभी जाति के लोग शिक्षा ग्रहण करते थे। वेदशास्त्रों की शिक्षा देनेवाली शालाएँ थीं, वहाँ ऐहिक (सेक्युलर) विषयों का ज्ञान देनेवाली शालाएँ भी थीं। अभियांत्रिकी की शिक्षा प्रदान करनेवाली शैक्षणिक संस्थाएँ भी थीं। शिक्षकों की संख्या में ब्राह्मण शिक्षकों का अनुपात ३५ से ४० प्रतिशत ही था। इसका अर्थ यही हुआ कि गैर ब्राह्मण भी शिक्षक हुआ करते थे। फिर ये शिक्षक क्या निरक्षर होते थे? जनता अपने-अपने व्यवसाय के अनुकूल शिक्षा ग्रहण करती थी। शिक्षा का संबंध केवल नौकरी प्राप्त करना या धनार्जन करने से न होने के कारण तात्त्विक शिक्षा ग्रहण करनेवालों की संख्या कम थी। ब्राह्मणों को 'निष्कारण' वेद की शिक्षा प्राप्त करनी चाहिए[१५]—यह कहा जाता था। अतः धननिरपेक्ष ज्ञान के क्षेत्र में ब्राह्मणों ने उच्चांक प्राप्त किया था। प्रो. धर्मपाल की जानकारी सन् १८२५ के आस-पास की है, उस समय भारत में साक्षरता का प्रमाण इंग्लैंड की तुलना में कहीं अधिक था। बाद में इंग्लैंड ने प्रगति की और भारत में अंग्रेजी शिक्षा के कारण निरक्षरता बढ़ी।

आश्रम व्यवस्था के अंतर्गत आवश्यक शिक्षा पूरी कर लेने के बाद विवाह की अनुमति रहती थी। वहीं से गृहस्थाश्रम प्रारंभ होता है। गृहस्थाश्रम

का महत्त्व पहले बताया जा चुका है। जीवन की समाप्ति तक घर-गृहस्थी में ही लिपटे रहना अपनी संस्कृति को मान्य नहीं है। अपनी संस्कृति के अनुसार, विद्यार्जन कर और विवाहबद्ध होकर आए अपने पुत्र पर समस्त सांसारिक जिम्मेदारी सौंपकर सपत्नीक घर का त्याग कर देना चाहिए। घर से अलग हो जाने या घर छोड़ देने का अर्थ घरेलू कारोबार में से अपना मन और ध्यान हटा लेना तथा व्यापक अर्थ में सामाजिक कल्याण के लिए जुट जाना है। स्त्री और पुरुष दोनों के लिए यह तृतीय आश्रम बताया गया है। इसे 'वानप्रस्थाश्रम' कहते हैं। 'वानप्रस्थ'—का शाब्दिक अर्थ होता है—वन के लिए प्रस्थान करना, परंतु यह केवल सांकेतिक है। उसका निहितार्थ है—घरेलू जिम्मेदारियों से मुक्त हो जाना। 'रघुवंश' में वर्णन किया गया है कि अपने पुत्र अज को राजसिंहासन पर अधिष्ठित करने के पश्चात् राजा रघु वन में जाने के लिए तैयार हुआ था, परंतु अज के अनुरोध पर वह राजमहल का त्याग कर राजधानी में ही रहने लगे।[१६] इसका तात्पर्य यही है कि हमें संसार के झंझटों से मुक्त होना चाहिए, धन अर्जित करने के काम से मुक्ति प्राप्त करनी चाहिए। आधी आयु, ब्रह्मचर्याश्रम और गृहस्थाश्रम, अपने लिए ही व्यतीत करनी थी तो शेष आयु अन्य लोगों के लिए होनी चाहिए। यही आश्रम व्यवस्था है। गृहस्थाश्रम में अपने साथ समाज का भी ध्यान रखना पड़ता है; परंतु वानप्रस्थाश्रम में केवल समाज का ही ध्यान रखा जाना चाहिए।

'संन्यास' अंतिम आश्रम है। वैदिक धर्म के तत्त्वों के अनुसार उपर्युक्त तीन आश्रमों को पार करने के बाद ही संन्यास लेने का अधिकार यानी योग्यता मिलती है। भगवान् बुद्ध ने इस परंपरा को भंग करते हुए कहा था कि जिस दिन वैराग्य होगा उसी दिन से संन्यास ग्रहण करना चाहिए।[१७] आदि शंकराचार्य ने भगवान् बुद्ध की नीति को अंगीकृत किया। इसीलिए उन्हें 'प्रच्छन्न बुद्ध' भी कहते हैं। बाल्यकाल में ही उन्होंने संन्यास लेकर वैदिक धर्म का पालन नहीं किया। अतः गाँव के कर्मकांडी ब्राह्मणों ने उनकी माता के अंत्य संस्कार का बहिष्कार किया था। फलतः आदि शंकराचार्य को अपनी माता के शव के टुकड़े-टुकड़े कर दाह-संस्कार करना पड़ा था।

तात्पर्य यह कि मानव जीवन में संन्यास का भी स्थान और महत्त्व है। इसके भी दो प्रकार हैं—एक तो यह कि प्रारंभ से ही घर-गृहस्थी एवं

सांसारिक व्यवहार से सर्वथा अलिप्त रहना, किसी भी घटना में कोई दखल न देना, विवाह न कर समाज और धर्म के लिए जीवन व्यतीत करना और दूसरा यह कि पहले सारी सांसारिक बातों में सक्रिय होकर उनका पूर्णतः निर्वाह करना तथा बाद में उन सबसे निवृत्त होकर अंत में समाज के हित का भी कामकाज छोड़कर केवल आत्मचिंतन में लिप्त हो जाना और इसी अवस्था में देह का त्याग कर देना।[१८] यही मोक्ष की साधना है। यही अलिप्त रहने की चरम सीमा है। यही स्वार्थ-त्याग की पराकाष्ठा है। सभी के लिए यह संभव नहीं है, किंतु यही परमोच्च उन्नति का मार्ग है, जितनी अपनी क्षमता है, उतना हम चलेंगे, फिर रुकेंगे भी। आखिर धर्मराज ही तो ऐसे अकेले व्यक्ति थे जो अंत तक पहुँच सके, शेष भीम से लेकर द्रौपदी तक सभी बीच में ही थम गए। लेकिन वे चले इसी मार्ग से। इस परम श्रेष्ठ मार्ग का आदर्श भी समाज के सम्मुख रहना चाहिए, इसी में संन्यासाश्रम का औचित्य है।

प्राचीन काल में सामाजिक व्यवस्था ब्राह्मण, क्षत्रिय, वैश्य और शूद्र—इन चार वर्णों पर आधारित थी। पहले तो गुण-कर्म के अनुसार वर्ण निश्चित होता था, बाद में वह जन्मानुसार निश्चित होने लगा। हर व्यक्ति को अपना व्यवसाय मूल्यवान् प्रतीत होता था। इसलिए उसे अपने व्यवसाय का अभिमान रहता था। ज्ञान, पराक्रम, धनार्जन और सेवा—इन कर्तव्यों से समाज की धारणा होती है। आज भी यही विद्यमान हैं; परंतु इस संबंध में पहले जैसे कड़े नियम नहीं रहे हैं। स्वाभाविक रूप से ज्ञान का महत्त्व कुछ अधिक रहने से और उसकी उपासना करनेवाले ब्राह्मण वर्ग को श्रेष्ठ समझा जाने लगा। अंततः यह समाज की मूल्य व्यवस्था का एक अंग है, किंतु कोई भी वर्ण त्याज्य नहीं था। 'पुरुषसूक्त' में उस विराट् पुरुष का वर्णन करते हुए कहा गया है—'ब्राह्मण उसके मुख से, क्षत्रिय उसकी बाँहों से, वैश्य उसकी जाँघों से तथा शूद्र उसके पैरों से उत्पन्न हुए।'[१९] इसमें से कोई भी अवयव निम्न दरजे का नहीं है। उस विराट् पुरुष के चरण स्थान पर होने के कारण शूद्र को हेय नहीं माना जा सकता। हम यदि किसी को प्रणाम करते हैं तो उसके चरणों में माथा रखते हैं, सिर को सिर से टकराते तो नहीं! इस चतुर्वर्ण में अस्पृश्यता का कोई स्थान नहीं है। कालांतर में जिन्हें अस्पृश्य कहा या समझा गया, वे इन चार वर्णों के अतिरिक्त समझे गए।

कुछ काल तक यह व्यवस्था ठीक से चलती रही, परंतु बाद में उसमें विकृति आने लगी। जन्मतः आनेवाले वर्णों का आचरण घट गया। द्रोणाचार्य

जन्मत: ब्राह्मण थे, लेकिन उन्होंने क्षत्रिय वर्ण का आचरण किया। शूद्र वर्ण के लोग भी राजा बनने लगे और तभी से चतुर्वर्ण की व्यवस्था छिन्न-भिन्न होती गई। ह्रास काल में विकृतियाँ आती ही हैं। ऐसी विकृतियाँ भी इस व्यवस्था को ग्रसने लगीं। यह धारणा बनने लगी कि कलियुग में ब्राह्मण और शूद्र—केवल ये ही दो वर्ण होते हैं।[२०] यह नासमझी अवश्य थी, परंतु काफी समय तक यह नासमझी चलती रही। उसकी पराकाष्ठा इस बात से आँकी जा सकती है कि स्थानिक ब्राह्मणों ने अपने बाहुबल और पराक्रम से राज्य प्राप्त करनेवाले शिवाजी महाराज का राज्याभिषेक करने से इनकार कर दिया। अंतत: काशी से आकर गागाभट्ट नामक पुरोहित ने राज्याभिषेक किया और शिवाजी राजा ही नहीं, 'छत्रपति शिवाजी महाराज' अधिष्ठित हुए। हमारी संस्कृति को परिवर्तन मान्य है, परिवर्तनों का विरोध भी होता है; किंतु यह समझ लेना उपयुक्त रहेगा कि हर समाज में प्रारंभ में परिवर्तन का विरोध होता आया है। किंतु हरेक स्थिति में कोई-न-कोई गागाभट्ट आते हैं और विकृति में से मुक्ति का मार्ग बताते हैं।

आज, जन्मानुसार चतुर्वर्ण व्यवस्था ही क्या, यहाँ तो व्यवसाय आधारित जाति-व्यवस्था भी समाप्त हो चली है, और केवल जातिगत अहंकार शेष रह गया है। कालांतर में वह भी समाप्त हो जाएगा, इसमें कोई संदेह नहीं। जिस व्यवस्था का प्रयोजन समाप्त होता है, उसका अंत होता ही है। हमें अब नई व्यवस्था का निर्माण करना है, एक ऐसी व्यवस्था, जिसमें शोषण नहीं रहेगा, समानता रहेगी। साथ में स्वतंत्रता भी रहेगी। अनेक विद्वानों का कहना है कि स्वतंत्रता और समानता परस्पर विरोधी हैं; परंतु इसमें से नया मार्ग निकालना ही पड़ेगा। सभी स्वतंत्र रहेंगे, अर्थात् सभी मुक्त रहेंगे; किंतु इस अनिर्बंधता का आघात समानता पर नहीं होगा, ऐसी व्यवस्था का निर्माण करना होगा। चतुर्वर्ण और जाति-व्यवस्था—दोनों हमारे देश में हजारों वर्षों से चलती आ रही हैं और इनके गुण-दोषों का हमें अच्छा अनुभव भी है। अत: इन अनुभवों के आधार पर हम शोषण रहित समानता तथा स्वतंत्रतायुक्त समाज का निर्माण कर सकते हैं। हम सदा से युगानुकूल परिवर्तनों के पक्षधर रहे हैं। इसीलिए हमें पूरा विश्वास है कि हम नए समाज का निर्माण कर सकेंगे तथा आनेवाले परिवर्तनों को स्वीकार भी करेंगे।

टिप्पणी

१. कुर्वन्नेवेह कर्माणि जिजीविषेत् शतं समाः।'''ईशोपनिषद् मंत्र २।

२. पश्येम शरदः शतं श्रृणुयाम शरदः शतं जीवेम शरदः शतम्।

३. स्थिररङ्गैस्तुष्टुवांसस्तनूमिः व्यशेम देवहितं यदायुः। —(प्रश्न-मुण्डकादि उपनिषद् में दिया शांति मंत्र।)

४. सिसीफस ग्रीक पुराण में वर्णित एक कथा का पात्र है। सिसीफस द्वारा एक अपराध हुआ तो ईश्वर ने उसे दंड दिया और कहा कि एक बड़ा सा पत्थर सामने की पहाड़ी की चोटी पर वह ले जाए। सिसीफस बलवान् था। उसने सोचा कि यह तो साधारण सी बात है। उसने पत्थर उठाया और पहाड़ पर चढ़ने लगा। चोटी पर पहुँचने ही वाला था कि वह पत्थर लुढ़क गया और नीचे खाई में गिर पड़ा। सिसीफस ने हार नहीं मानी। पुनः पत्थर उठाया और पहाड़ पर चढ़ने लगा। पुनः वही हुआ, पत्थर लुढ़ककर नीचे आ गया। सिसीफस का आवागमन अब भी चल रहा है।

५. अनेकजन्मसंसिद्धस्ततो याति परां गतिम्। (भगवद्गीता, ६।४५)

६. न हि कल्याणकृत् कश्चिद्दुर्गतिं तात गच्छति। (भगवद्गीता, ६।४०)

७. आलबेर कामू नामक एक प्रसिद्ध फ्रांसीसी लेखक ने 'आउटसाइडर' नामक एक उपन्यास लिखा है, जिसमें मनुष्य को विश्व में अकेला बताया गया है, जिसे कहीं भी प्रेम या आत्मीयता नहीं मिलती।

८. सक्ताः कर्मण्यविद्वांसो यथा कुर्वन्ति भारत।
कुर्याद् विद्वांस्तथासक्तश्चिकीर्षुर्लोकसंग्रहम्॥ (भगवद्गीता, ६।२५)

९. यद्ययदाचरति श्रेष्ठः तत् तदेवेतरो जनः। (भगवद्गीता, ३।२१)

१०. तेया सर्वात्मका ईश्वरा। स्वकर्मकुसुमांची वीरा।
पूजा केली होय अपारा। तोषालागी॥ (ज्ञानेश्वरी, अध्याय १८, ओवी ९१३)

११. धर्माविरुद्धो भूतेषु कामोऽस्मि भरतर्षभ। (भगवद्गीता, ७।११)

१२. गृहं तु गृहिणीहीनं कान्तारादतिरिच्यते। (सुभाषित)

१३. केवलादी केवलाघो भवति।

१४. शैशवेऽभ्यस्तविद्यानाम्। (रघुवंश, सर्ग १)

१५. ब्राह्मणेन निष्कारणो वेदोऽध्येयः।

१६. रघुरश्रुमुखस्य तस्य तत्कृतवानीप्सितमात्मजप्रियः।
न तु सर्प इव त्वचं पुनः प्रतिपैदे व्यपवर्जितां श्रियम्॥
स किलाश्रममन्त्यमाश्रितो निवसन्नावसथे पुराद्बहिः।
समुपास्यत पुत्रभोग्यया स्नुषयेवाविकृतेन्द्रियः श्रिया॥

(रघुवंश, सर्ग ८, श्लोक १३-१४)

अर्थ—पुत्र पर अपार प्रेम करनेवाले उस राजा रघु ने अश्रुपूरित अपने पुत्र अज की

इच्छा पूरी की। किंतु जिस भाँति साँप अपनी छोड़ी हुई चमड़ी पुनः धारण नहीं करता, वैसे ही राजा ने एक बार त्यागा हुआ ऐश्वर्य पुनः धारण नहीं किया। संन्यासाश्रम स्वीकार कर वह नगर के बाहर रहने लगा और पुत्रभोग्या स्नुषा के समान राज्यलक्ष्मी उसकी सेवा करती रही।

१७. यदहरेव विरजेत् तदहरेव प्रव्रजेत्।

१८. आत्मार्थे पृथिवीं त्यजेत्।

१९. ब्राह्मणोऽस्य मुखमासीत् बाहू राजन्यः कृतः।
उरू तदस्य यद्वैश्यः, पद्भ्यां शूद्रो अजायत॥ (पुरुषसूक्त, मंत्र १२)

२०. कलौ आद्यन्तयोः स्थितिः।

□

राज्य

राज्य के विषय में भारतीय संस्कृति की एक विशेष धारणा है। राज्य की आवश्यकता भी क्यों है, इस बारे में हमारी संस्कृति ने पृथक् विचार दिए हैं। राज्य का निर्माण क्यों और कैसे हुआ, यदि इसकी खोजबीन की जाए तो इसका पता हमें सहजता से मिल जाएगा कि उसके कार्य क्या होते हैं? 'महाभारत' के शांतिपर्व में युधिष्ठिर ने भीष्म पितामह से पूछा था, 'विश्व में 'राजा' शब्द प्रचलित है, परंतु यह कहाँ से उत्पन्न हुआ?'[१] भीष्म पितामह ने बताया कि 'पहले न तो राज्य था और न राजा; न कोई दंड था, न दंड देनेवाली व्यवस्था ही। सभी लोग धर्मानुसार आचरण करते थे और एक-दूसरे की रक्षा करते थे।'[२] इसपर युधिष्ठिर ने स्वभावतः अगला प्रश्न पूछा, 'फिर राजा और राज्य क्यों आए?' भीष्म पितामह ने समझाया, 'धर्म की शक्ति कम होने लगी, लोग एक-दूसरे को सताने लगे, दुर्बलों पर बलवानों के अत्याचार होने लगे, समाज में मात्स्य-न्याय रूढ़ होने लगा—अर्थात् बड़ी मछली छोटी मछली को खाने लगी। इस कारण त्रस्त-व्यथित लोगों ने ब्रह्मदेव से राजा की माँग की; लेकिन कोई भी राजा बनने के लिए तैयार नहीं था। काफी मनाने के बाद मनु राजा बनने के लिए तैयार हुआ। इसका तात्पर्य यही कि जनता की माँग पर राजा बना और उसके कार्य यानी राज्य की उत्पत्ति हुई। अर्थात् राज्य जैसे जनता के लिए है वैसे ही धर्म का नाश होने के कारण जो न्यूनता बन जाती है, उसकी पूर्ति के लिए भी है। यह भी एक कल्पना की गई है कि धर्म चार पैरोंवाला एक वृषभ (बैल) है। कृतयुग में तो वह अपने चारों पैरों पर खड़ा था, परंतु त्रेतायुग में उसकी एक टाँग टूट गई। यह कमी राज्य अर्थात्

दंड शक्ति ने पूरी कर दी। द्वापर युग में धर्म रूपी वृषभ का दूसरा पैर भी जाता रहा—अर्थात् धर्म केवल आधा ही शेष रहा। राज्य शक्ति ने यह कमी भी पूरी कर दी। कलियुग में तो उसका तीसरा पैर भी जाता रहा। यह न्यूनता भी राज्य शक्ति ने पूरी कर दी। कलियुग में कायदे-कानून क्यों इतने ज्यादा हैं, इसका मर्म उपर्युक्त उक्ति से जाना जा सकता है। लोग धर्म की रक्षा नहीं करते, धर्मानुसार आचरण नहीं करते, इसीलिए दंड का भय बताकर उन्हें नियमित किया जाता है। अत: राज्य आते ही नियम आते हैं और उन नियमों को प्रतिष्ठापित करने के लिए दंड शक्ति आती है।

किंतु इस दंड शक्ति का प्रयोग किस काम के लिए करना है ? दुष्टों का दमन तथा सज्जनों की रक्षा के लिए उसे काम में लाना है। महाकवि कालिदास के 'अभिज्ञान शाकुंतलम्' नाटक में ऋषि कुमार राजा दुष्यंत से कहता है, 'हे राजन्! आपके शस्त्र दुर्बलों की रक्षा के लिए हैं, निरपराधों को मारने के लिए नहीं।'[३] रघुवंशीय राजाओं की विशेषता बताते हुए कालिदास ने लिखा है कि ये राजा 'यथापराधदंड'[४] अर्थात् अपराध के अनुसार दंड देनेवाले हुआ करते थे। हमारे प्राचीन चिंतकों को राज्य-व्यवस्था में दंड का महत्त्व भलीभाँति ज्ञात था। दंडितों के लिए जेल (बंदीगृह) भी होते थे। किंतु राज्य की व्यवस्था ऐसी हुआ करती थी और इस व्यवस्था के कारण समाज की स्थिति ऐसी बन जाती थी कि वे बंदीगृह खाली रहते थे। राजा दिलीप को जब पुत्र की प्राप्ति हुई तो अपना आनंद व्यक्त करने के लिए उसने समस्त बंदियों को मुक्त करने की इच्छा प्रकट की; परंतु बंदीगृह तो खाली थे। उनमें एक भी कैदी नहीं था।[५] यह कोई अपवादात्मक उदाहरण नहीं है। मेरे राज्य में कोई चोर नहीं है, कोई कंजूस नहीं है, कोई मद्यप या दुराचारी नहीं है, इस बात का गर्व राजा को हुआ करता था। 'छांदोग्य उपनिषद्' के अनुसार, ज्ञान की याचना करने आए ब्राह्मणों को राजा अश्वपति ने कहा, 'मेरे राज्य में न तो कोई चोर है, न कोई कंजूस, न कोई मद्यप है, धर्म की उपासना न करनेवाला भी कोई नहीं है, मूर्ख भी नहीं है न कोई व्यभिचारी। तो व्यभिचारिणी कहाँ से हो सकती है!'[६] प्रत्येक राजा सभी प्रकार से प्रजा का कल्याण करना, उनकी रक्षा करना अपना कर्तव्य मानता था। तदनुरूप उसका आचरण भी हुआ करता था। राजा दिलीप का वर्णन करते हुए कालिदास ने कहा है कि 'राजा प्रजा की शिक्षा-दीक्षा,

भरण-पोषण तथा रक्षा किया करता था। अतः प्रजा उसे अपना पिता ही मानती थी। उनके असली माता-पिता तो केवल उसके जन्म के कारण होते थे।'[७] एक कवि द्वारा किया गया वर्णन मानकर हम इसे अतिशयोक्ति समझ सकते हैं। फिर भी इससे राज्य-व्यवस्था का आदर्श अवश्य परिलक्षित होता है, यह तो सभी को मानना ही पड़ेगा। 'प्रजारंजन' अर्थात् प्रजा को खुश रखना राजा का मुख्य कर्तव्य माना जाता था। जो प्रजा का रंजन करता है, वही 'राजा' होता है।[८] यही 'राजा' शब्द का व्युत्पत्तिमूलक अर्थ कालिदास ने बताया है। व्याकरणशास्त्र के अनुसार यह अर्थ भले ही ठीक न हो, परंतु कालिदास ने यही अर्थ आग्रहपूर्वक बतलाया है। 'राम राज्य' को आदर्श राज्य केवल इसीलिए कहा जाता है कि राजा राम ने रावण के घर में रहीं सीता को केवल प्रजा की अनुमति न होने के कारण उसे त्याग दिया था। इस कार्यवाही में व्यक्तिगत रूप से देवी सीता पर और अंततः राजा राम पर तो अन्याय हुआ ही, परंतु प्रजा संतुष्ट रही। भवभूति ने अपने नाटक 'उत्तररामचरितम्' में राजा राम को यह कहते उद्धृत किया है कि 'प्रजा को संतुष्ट रखने के लिए मुझे मेरा प्रेम, दया, मेरा सुख, यहाँ तक कि मेरी पत्नी जानकी का भी त्याग करना पड़ा तो मुझे दुःख नहीं होगा।'[९] आगे चलकर दंडकारण्य वन में जब प्रभु रामचंद्र गए तब वासंती ने उनसे पूछा था कि आपने अपने प्राणों से भी अधिक प्रिय सद्गुणी सीता का त्याग क्यों किया? तब प्रभु राम ने स्पष्ट उत्तर दिया कि 'देवी सीता का रहना मेरी प्रजा के लिए असहनीय था।'[१०] राजकाज चलाना हो तो प्रजा से कर तो वसूल करना ही पड़ता है; परंतु कैसे? उसी प्रकार, जैसे मधुमक्खी फूलों से शहद जमा करती है या जैसे कोई दूधवाला गाय के बछड़े का पूरा ध्यान रखते हुए और गाय के थन को न कुचलते हुए गाय का दूध निकालता है।[११]

परंतु प्रजा का अनुरंजन करने का अर्थ उसकी खुशामद करना नहीं होता। किसी ने यदि अपराध किया तो उसका दंड उसे मिलना ही चाहिए। राजा को 'युक्त-दंड' अर्थात् अपराध के अनुसार दंड देनेवाला होना चाहिए। राज्य शास्त्र का तो ठोस कथन है कि अपराधी दंडित हो, परंतु जो निरपराधी हैं उन्हें सजा नहीं मिलनी चाहिए। इस ओर राजा को अच्छी-खासी पहल करनी पड़ती है। जो इस पद्धति से कार्य नहीं करता, उसकी बदनामी तो होती

ही है, परंतु वह नरक का पात्र बनता है।[१२] शास्त्रों ने यह डर राजा को दिखाया है। प्रजा को भी राज्य से क्या अपेक्षा है, इसका बड़ा विलोभनीय वर्णन 'मृच्छकटिक' नाटक के भरत वाक्य में दिया गया है। भरत वाक्य है—'सभी गौओं से भरपूर दूध मिलता रहे, पृथ्वी पर सभी प्रकार की फसलें उगती रहें, उनसे समृद्ध रहे, पर्जन्य वृष्टि समय पर तथा पर्याप्त मात्रा में होती रहे, सभी को सुख और आनंद की अनुभूति करानेवाली हवा बहती रहे, सज्जन ब्राह्मण (यहाँ हम उन्हें 'विद्वान्' कहें) हमेशा लोकादर के पात्र रहें और शत्रु का विनाश कर धनी तथा कर्तव्य-परायण बने राजा पृथ्वी का रक्षण करें।'[१३]

प्राचीन भारत में वर्तमान जैसा प्रजातंत्र तो नहीं था, परंतु यह कहा जा सकता है कि अध्यक्षीय प्रजातंत्र जैसी पद्धति थी। अंतर केवल इतना था कि राज-प्रमुख वंश-परंपरा से बनता था; किंतु यह देख लिया जाता था कि उस प्रमुख को जनता की अनुमति प्राप्त है या नहीं। प्रजातंत्र का भी यह मूल तत्त्व है कि जिसपर राज करना हो उसकी सम्मति होनी चाहिए। इस बारे में रामायण के कुछ प्रसंगों पर ध्यान आकर्षित करना युक्तिसंगत होगा।

राजा दशरथ के मन में अपने ज्येष्ठ पुत्र राम का यौवराज्याभिषेक करने का विचार आया। इसमें प्रजा की राय जानने की क्या जरूरत है—यह न सोचते हुए उन्होंने अपने समस्त मांडलिकों, नगरवासियों, जनपदों अर्थात् ग्रामवासियों को आमंत्रित कर उनके सम्मुख अपना प्रस्ताव प्रस्तुत किया। सभी ने इस प्रस्ताव का समर्थन किया और राजा दशरथ को अपनी सहर्ष अनुमति दी। तभी राजा दशरथ ने एक विचित्र प्रश्न सभी के सम्मुख रखा। उन्होंने कहा कि 'मैं धर्मानुसार राज्य चला रहा हूँ, फिर भी मेरे जीवित रहते राम को राजा बनाने की आप सबकी इच्छा क्यों है?'[१४] तात्पर्य यह कि दशरथ को प्रजा का केवल मुँह देखा जवाब नहीं चाहिए था, बल्कि उनकी आंतरिक इच्छा जानने का मंतव्य था। तब प्रजा ने राम के अनेक गुणों का वर्णन दशरथ के सम्मुख किया। उस समय राम उपस्थित नहीं थे। इसके पश्चात् राजा दशरथ ने राम को बुलाया तथा उनसे कहा, 'तुमने अपने गुणों से प्रजा का मन जीत लिया है। अतः अब तुम यौवराज्य प्राप्त करो और संपूर्ण प्रजा का अनुरंजन करो।' 'प्रजा का अनुरंजन करो', इसी में सारे उपदेश का सार है।

राजा के लिए जिस प्रकार जन-अनुमति आवश्यक बताई गई है उसी

प्रकार उसके शिक्षा-दीक्षा तथा प्रशिक्षण की भी व्यवस्था की गई है। राजा को दंडनीति अर्थात् राजनीति का ज्ञान होना तो आवश्यक है ही, परंतु उसके साथ तीन वेद, तर्कशास्त्र और आर्थिक व्यवहार का ज्ञान होना भी जरूरी है। दंडनीति, त्रयी (अर्थात् तीनों वेद), आन्वीक्षिकी (यानी तर्कशास्त्र) एवं वार्त्ता (यानी अर्थशास्त्र और समाजशास्त्र)—इन सबका ज्ञान संबंधित विद्वानों और विशेषज्ञों से राजा को प्राप्त कर लेना चाहिए।[१५]

'महाभारत' में राज्य का महत्त्व बड़े विस्तार से बताया गया है। शांतिपर्व के ६८वें अध्याय में राज्य और राजा के होने से कितना जन-कल्याण होता है, इसका विस्तृत वर्णन किया गया है। सारी बातों की चर्चा यहाँ करना अनावश्यक है, लेकिन एक मार्मिक श्लोक यहाँ बताना जरूरी लगता है, जिसका अर्थ इस प्रकार है—'राजा अपने राज्य की रक्षा यदि सही ढंग से करता रहा हो तो गहनों से लदी महिलाएँ किसी भी पुरुष को साथ लिये बिना बेखटके रास्तों पर विचरण कर सकती हैं।'[१६] उत्तम राज्य-व्यवस्था की उक्त शर्त आज के युग में भी प्रासंगिक है। जिन राज्यों में ऐसी व्यवस्था नहीं रहती वहाँ के सत्ताधीशों को सत्ता पर बने रहने का कोई अधिकार नहीं होता। स्त्रियों की निर्भीकता तो सांकेतिक है। कड़ी राज्य-व्यवस्था का डर गुंडों और असामाजिक तत्त्वों को होना चाहिए। राजा होकर भी अच्छी राज्य-व्यवस्था का अभाव यानी अराजकता की स्थिति कहलाती है। हमारे शास्त्रों में अराजकता की स्थिति की घोर निंदा की गई है। भीष्म पितामह कहते हैं, 'जिन राज्यों में अराजकता होती है, वहाँ धर्म यानी नीतिगत कार्य असंभव होता है। ऐसी स्थिति में जनता एक-दूसरे को कष्ट देती है। अत: अराजकता का सर्वत्र धिक्कार होना चाहिए।'[१७]

राज्य का इतना सर्वतोमुखी महत्त्व होने के बावजूद राज्य द्वारा सभी कार्य होना संभव नहीं है। राज्य में परिस्थिति में परिवर्तन लाने की शक्ति रहती है। भीष्म पितामह कहते हैं, 'राजा कालस्य कारणम्' अर्थात् राजा किसी परिस्थिति के लिए जिम्मेदार रहता है। इसी कारण राज्य का महत्त्व भी है। किंतु जन-व्यवहार या लोक-चरित्र में परिवर्तन लाने के लिए राज्य-शक्ति का उपयोग नहीं हो सकता। राज्य-सत्ता के बल पर जनता का हृदय-परिवर्तन करने का दावा यदि कोई करता हो तो सर्वथा गलत होगा। राज्य-सत्ता की

शक्ति भय की शक्ति होती है, जिससे मनुष्य का चरित्र-परिवर्तन कभी हो नहीं सकता। हमारे सम्मुख रूस का ताजा उदाहरण है। वहाँ के सत्तारूढ़ नेताओं ने जनता को किस चीज का आश्वासन नहीं दिया था! 'जिसकी जितनी आवश्यकता है, उसको उतना मिलेगा और जिसमें जितनी क्षमता है उसी के अनुरूप उससे लिया जाएगा।'[१८] इतना सारा आश्वासन जनता को मिलने पर उसे और अधिक माँगने की क्या कोई इच्छा रह जाएगी? रहने के लिए मकान, खाने के लिए अन्न, पहनने के लिए कपड़ा, सबकुछ सरकार ने उन्हें दिया। हरेक को रोजी का अधिकार दिया, बच्चों की शिक्षा का पूरा प्रबंध किया और यह सब पूरा करने के लिए एड़ी-चोटी का पसीना एक कर दिया। थोड़ा सा भी विरोध सहन नहीं किया। संपत्ति की निजी मिल्कीयत से शोषण और विषमता का जन्म होता है—यह मानकर संपूर्ण संपत्ति, उत्पादन और वितरण के सभी साधन और माल-मत्ते पर सरकार का अधिकार कर लिया। बड़ी कठोरता से और किसी भी प्रकार की दया-माया न दिखाते हुए सरकारी नियमों का पालन करवाया; पर क्या जनता सुधरी? देश सही मायने में समृद्ध हुआ? नहीं। लोगों में नैतिकता पनपी नहीं। अत: यह भलीभाँति समझ लेना चाहिए कि मनुष्य की उन्नति करा लेना राज्य-शक्ति के बूते नहीं हो सकता। यह राज्य-शक्ति के बस के बाहर की बात है। 'महाभारत' के 'शांतिपर्व' में राज्य के महत्त्व का बड़ा विस्तृत वर्णन है; पर उसकी एक पृष्ठभूमि भी है। महाभारत का युद्ध समाप्त होने के बाद सारा संहार देखकर युधिष्ठिर के मन में विरक्ति आ गई थी और वह राजकाज छोड़कर वन में चले जाने का विचार करने लगा था। अत: उसे उस विरक्ति से दूर करने के लिए ही 'शांतिपर्व' में राज्य का बड़ा गौरवपूर्ण चित्रण प्रस्तुत किया गया है। पर राज्य की भी मर्यादा होती है—और यह मर्यादा 'धर्म' की है। 'धर्म' क्या है, इसकी चर्चा पहले की जा चुकी है। धर्म अर्थात् विश्व के सामंजस्यपूर्ण व्यवहार का तत्त्व, धर्म यानी नीतिपूर्ण व्यवहार! यही धर्म मनुष्य का अंतरंग बदल सकता है, उसमें बदलाव ला सकता है। राज्य इसी कार्य में धर्म की सहायता करता है, इसीलिए हमारे देश में 'धर्मराज्य' का आदर्श प्रस्तुत किया गया है। राजा को या सत्ताधिकारियों को धर्मनिष्ठ होना चाहिए। हमारी संस्कृति में इसी तत्त्व पर अधिक जोर दिया गया है। ऐसा राज्य ही लोक-कल्याणकारी हो सकता है।

'धर्म राज्य' का अर्थ 'सांप्रदायिक राज्य' समझना भी गलत होगा। भारतीय संस्कृति में सांप्रदायिक राज्य (Theocratic state) कतई मान्य नहीं है। सभी को समभाव से देखना, सभी से एक जैसा व्यवहार करना ही भारतीय संस्कृति में अभिप्रेत है। राजा का कोई व्यक्तिगत उपासना-संप्रदाय हो सकता है, परंतु समस्त प्रजाजन का भी वही संप्रदाय हो, यह आवश्यक नहीं है। इसके सिवाय राजा का संप्रदाय न माननेवाली प्रजा दंडनीय होगी या उसे दूसरे दरजे का नागरिक समझा जाएगा—यह व्यवहार भी गलत होगा। सामान्य रूप से सभी भारतीय राजाओं ने इसी तत्त्व का पालन किया है। इसीलिए अपना संप्रदाय न माननेवाली प्रजा पर 'जजिया कर' लागू करना या उन्हें दूसरे दरजे का नागरिक समझना भारतीय संस्कृति के तत्त्वों से पूर्णतः विसंगत है। राज्य का संबंध जनता के ऐहिक विषयों से होने के कारण पारमार्थिक क्षेत्रों में राज्य की दखलंदाजी भारतीय संस्कृति को अमान्य है। इसी अर्थ में भारतीय संस्कृति ने राज्य को सेक्युलर अर्थात् संप्रदाय-निरपेक्ष माना है। असली 'धर्म राज्य' संप्रदायनिरपेक्ष रहेगा, क्योंकि वही सभी पंथों का आदर कर सकेगा।

टिप्पणी

१. य एष राजन् राजेति शब्दश्चरति भारत।
कथमेष समुत्पन्नस्तन्मे ब्रूहि परंतप॥ (शांतिपर्व, अध्याय ५९, श्लोक ५)

२. न वै राज्यं न राजाऽसीत् न दण्डो न च दाण्डिकः।
धर्मेणेव प्रजाः सर्वा रक्षन्ति स्म परस्परम्॥
(शांतिपर्व, अध्याय ५९, श्लोक १४)

३. आर्तत्राणाय वः शस्त्रं न प्रहर्तुमनागसि। (अभिज्ञान शाकुंतलम्, अंक १, श्लोक ११)

४. यथापराधदण्डानाम्। (रघुवंश, सर्ग १२, श्लोक ६)

५. न संयतस्तस्य बभूव रक्षितुर्विसर्जयेद्यं यं सुतजन्महर्षितः।
(रघुवंश, सर्ग ३, श्लोक २०)

६. न मे स्तेनो जनपदे न कदर्यो न मद्यपी नानाहिताग्निः नाविद्वान्
न स्वैरी स्वैरिणी कुतः। (छांदोग्य, अध्याय ५, खंड ११)

७. प्रजानां विनयाधानाद् रक्षणाद् भरणादपि।
स पिता पितरस्तासां केवलं जन्महेतवः॥ (रघुवंश, सर्ग १, श्लोक २४)

८. राजा प्रकृतिरञ्जनात्॥ (रघुवंश, सर्ग ४, श्लोक १२)

९. स्नेहं दयां च सौख्यं च यदि वा जानकीमपि।
आराधनाय लोकस्य मुञ्चतो नास्ति मे व्यथा॥ (उत्तररामचरितम्, अंक १, श्लोक १२)

१०. लोको न मर्षयतीति। (उत्तररामचरितम्, अंक ४)

११. मधुदोहं दुहेद् राष्ट्रं भ्रमरा इव पादपम्।
वत्सापेक्षी दुहेच्चैव स्तनांश्च न विकुट्टयेत्॥ (शांतिपर्व, अध्याय ८८, श्लोक ४)

१२. अदण्ड्यान् दण्डयन् राजा दण्ड्यांश्चाप्यदण्डयन्।
अयशो महदाप्नोति नरकं चैव गच्छति॥

१३. क्षीरिण्यः सन्तु गावो भवतु वसुमती सर्वसम्पन्नसस्या
पर्जन्यः कालवर्षी सकलजनमनोनन्दिनो वान्तु वाताः।
मोदन्तां जन्मभाजः सततमभिमता ब्राह्मणाः सन्तु सन्तः
श्रीमन्तः पान्तु पृथिवीं प्रशमितरिपवो धर्मनिष्ठाश्चभूपाः। (मृच्छकटिक, भरत वाक्य)

१४. कथं नु मयि धर्मेण पृथिवीमनुशासति।
भवन्तो द्रष्टुमिच्छन्ति युवराजं महाबलम्॥
(वाल्मीकि रामायण, अयोध्या कांड २।२५)

१५. त्रैविद्येभ्यस्त्रयीं विद्यां दण्डनीतिं च शाश्वतीम्।
आन्वीक्षिकीं चात्मविद्यां वार्तारम्भाश्च लोकतः॥ (मनुस्मृति, अध्याय ७, श्लोक ४३)

१६. स्त्रियश्चापुरुषा मार्गे सर्वालङ्कारभूषिताः।
निर्भयाः प्रतिपद्यन्ते यदि रक्षति भूमिपः॥ (शांतिपर्व, अध्याय ६८, श्लोक ३२)

१७. अराजकेषु राष्ट्रेषु धर्मो न व्यवतिष्ठते।
परस्परं च खादन्ति सर्वथा धिगराजकम्॥ (शांतिपर्व, अध्याय ६७, श्लोक ३)

१८. "To everyone according to his needs and from everyone according to his capacity."

□

परिवार

हमारी समाज व्यवस्था में परिवार का स्थान महत्त्वपूर्ण है। गृहिणी या स्त्री उस समाज व्यवस्था रूपी इमारत की नींव है। इसीलिए हमारी संस्कृति में स्त्री को एक विशेष महत्त्व दिया गया है। चार आश्रमोंवाली व्यवस्था में गृहस्थाश्रम का खास स्थान है। महाकवि कालिदास ने इस आश्रम को 'सर्वोपकारक्षम'[१] कहा है, और स्त्री इस आश्रम का आधा अंग है।

पुरुष श्रेष्ठ है या स्त्री, यह चर्चा हमारी संस्कृति को सर्वथा अमान्य है। परिवार और संसार तो एक रथ है। पति और पत्नी उस रथ के दो पहिए हैं। ये दोनों चक्के एक समान होने चाहिए—कोई भी छोटा या बड़ा होने से काम नहीं चलेगा। दोनों पहिए एक जैसे समान योग्यतावाले रहने चाहिए। रथ के दोनों ओर एक-एक पहिया हो; एक ही ओर दोनों पहिए लगाएँ तो रथ चल ही नहीं पाएगा। समान योग्यतावाले होकर भी दोनों चक्कों को अलग-अलग रहकर रथ के दोनों ओर रहना जरूरी है। इन दोनों को जोड़नेवाली एक धुरी या तत्त्व रहनी चाहिए। परिवार यही वह धुरी है, जो स्त्री-पुरुष दोनों को जोड़ती है।

स्त्री और पुरुष, पत्नी और पति—इनका साहचर्य कितना सूक्ष्म, कितना परस्परावलंबी, एक-दूसरे के बिना कितना निरर्थक और शून्य होता है—यह समझाने के लिए महाकवि कालिदास ने शब्द और अर्थ की उपमा दी है। अर्थ के बिना शब्द केवल ध्वनि रह जाता है। पत्नी और पति—दोनों एक-दूसरे में पूरी तरह घुले-मिले होते हैं, जैसे पार्वती और शंकर—अर्धनारीनटेश्वर। पार्वती और परमेश्वर की स्तुति करते हुए कालिदास ने उन्हें शब्द और अर्थ के समान

एक-दूसरे में 'संपृक्त'[२] कहा है और मल्लिनाथ ने 'संपृक्तौ' का अर्थ 'नित्यसंबद्धौ' यानी परस्पर एक-दूसरे से नित्य जुड़े हुए बताया है। शिव-पार्वती का साहचर्य कोई अपवादात्मक बात नहीं है। भगवान् के प्रायः सभी विग्रहधारी रूप सहधर्मचारिणी के साथ हैं; जैसे—शिव के साथ पार्वती, विष्णु के साथ लक्ष्मी, राम के साथ सीता, कृष्ण के साथ राधा, विट्ठल के साथ रुखमाई, यहाँ तक कि भगवान् शंकर तो अर्धनारीनटेश्वर हैं और सीता तो राम के वाम अंग पर विराजमान हैं।[३] संयुक्त नामों में पहला नाम स्त्री का तथा बाद में पुरुष का आता है—सीताराम, राधाकृष्ण आदि।

मनु के एक श्लोक को लेकर आजकल बड़ी आलोचना की जा रही है। मनु के उस श्लोक का अर्थ इस प्रकार है—'कौमार्य अवस्था में पिता, विवाहितावस्था में पति और वृद्धावस्था में पुत्र द्वारा स्त्री की रक्षा की जानी चाहिए। स्त्री को खुला छोड़ देना उचित नहीं है।'[४] इस श्लोक का अंतिम चरण इस प्रकार है—'न स्त्री स्वातन्त्र्यमर्हति।' इसका अर्थ यही है कि 'स्त्री स्वतंत्रता देने योग्य नहीं है।' परंतु इस श्लोक के प्रथम तीन चरणों का अर्थ ठीक से ध्यान में लिये बगैर चतुर्थ चरण का अर्थ लगाया गया तो वह कहाँ तक युक्तिसंगत होगा? प्रथम तीन चरणों का अर्थ ठीक से समझा गया तो पता चलेगा कि मनु को केवल यही बताना था कि पहले कुमारी अवस्था में, बाद में वैवाहिक अवस्था में और अंत में वृद्धावस्था में स्त्री के पालन-पोषण की जिम्मेदारी किस पर रहेगी! पुरुष पर ही न! 'मनुस्मृति' के सुप्रसिद्ध टीकाकार कुल्लकभट्ट ने 'रक्षति' का अर्थ 'रक्षेत्' बताया है। 'रक्षेत्' यानी रक्षा करें। यह काम पिता, पति और पुत्र का होता है, यही इसका भावार्थ है। मनु ने यहाँ स्त्री के अधिकारों की चर्चा नहीं की है, केवल इतना ही बताया है कि स्त्री की सुरक्षा का दायित्व किस पर होगा? अतः इस चतुर्थ चरण में 'न स्त्री स्वातन्त्र्यमर्हति' का अर्थ केवल यही है कि यह कोई न कहे कि स्त्री को अपनी रक्षा खुद-ब-खुद करनी है। वास्तव में, 'मनुस्मृति' में स्त्री विषयक जो अन्य श्लोक हैं, उनका अर्थ भी ध्यान में लाना चाहिए। मनु कहता है, जहाँ स्त्रियों का आदर होता है वहाँ देवताओं को प्रसन्नता होती है। जहाँ स्त्रियों का अनादर होता है वहाँ सभी कार्यकलाप विफल होते हैं।[५] इसके पहले के श्लोकों में भी कहा गया है कि 'यदि पिता, भाई, पति, देवर—इन

सबको अपनी कल्याण की कामना हो तो उन्हें स्त्री का सम्मान करना चाहिए और उन्हें सर्वदा अलंकृत रखना चाहिए।'[६] जिस मनु ने स्त्री को इस भाँति गौरवान्वित किया है, वह स्त्री को स्वतंत्रता का अधिकार नहीं है, यह कैसे कह सकता है?

आखिरकार दोनों श्लोकों का लेखक मनु ही है न! कोई दूसरा तो नहीं! आज 'मनुस्मृति' की जो प्रति उपलब्ध है उसमें कई बातें कालबाह्य हैं—और त्याज्य भी। उनका विरोध भी अनुचित नहीं है। फिर भी एक ही दृष्टि से समस्त 'मनुस्मृति' को देखना ठीक नहीं होगा। 'मनुस्मृति' में बताए अनेक नियम वर्तमान में अग्राह्य हो गए हैं, इस बारे में मतभेद नहीं हो सकते। कहना इतना ही है कि भारतीय संस्कृति में स्त्री की ओर देखने का जो दृष्टिकोण है, वह मनु को भी मान्य है।

स्त्री-पुरुष का विवाह पवित्र माना गया है। उसे टिकाए रखने की जिम्मेदारी दोनों की है। वस्तुतः यह उनका कर्तव्य है। विवाह-संस्कार में एक महत्त्वपूर्ण मंत्र पढ़ा जाता है, जिसमें पुरुष प्रतिज्ञा करता है कि जिस स्त्री को उसने पत्नी के रूप में स्वीकार किया है, वह उसका धर्म, काम और अर्थ के लिए शोषण नहीं करेगा।[७]

वाङ्निश्चय विधि में ब्राह्मण जिस मंत्र का उच्चारण करते हैं, उसका अर्थ है—'तुम दोनों का एक उद्देश्य हो, तुम्हारा मन एक हो, तुम्हारे हृदयों का मिलाप हो तथा सभी कार्यों के लिए तुम्हारा सामर्थ्य बढ़े। इसी प्रकार का आचरण तुम्हारा रहे।'[८] विवाह के दौरान किए जानेवाले होम के समय उच्चारे जानेवाले मंत्रों में भी इसी प्रकार के सामंजस्य रखनेवाली भावनाएँ प्रकट होती हैं। उनका अर्थ है—'मैं आकाश हूँ, तुम पृथ्वी हो, मैं सामवेद हूँ, तुम ऋग्वेद हो जाओ। हम एक-दूसरे से प्रेम करें, एक-दूसरे को शोभायमान करें, परस्पर चाहनेवाले बनें और सच्चे मन से एक साथ व्यवहार कर शतायुषी बनें।'[९] प्रजोत्पत्ति तो विवाह का परिणाम है और उसे आवश्यक समझा जाना चाहिए। जन्म लेते ही मनुष्य तीन कर्जों का ऋणी होता है। इसमें पितृऋण—अर्थात् माता-पिता सहित सभी पितरों का कर्ज समाहित है, और हमारी संस्कृति में मान्यता है कि पुत्र-प्राप्ति के बाद ही इस ऋण से मुक्ति मिलती है। समाज में आजीवन ब्रह्मचारी लोगों की संख्या नगण्य होती है। सर्वसाधारण मनुष्य

विवाह करके ही जीवन-यापन करता है और उपर्युक्त उपदेश ऐसे ही लोगों के लिए है। परमेश्वर की कृपा और अपने भाग्य से ही विवाह होते हैं। हाँ, एक-दूसरे की पसंदगी तथा विवाह पूर्व के प्रेम संबंधों से भी विवाह रचे जाते हैं; लेकिन ऐसे विवाहों में भी दैवयोग का होना नकारा नहीं जा सकता। अपने भाग्य में जो सहचर या सहचारिणी आती है, उसे ही जीवनसाथी बनाना सफल विवाह का लक्षण है[१०] और यही विवाह की सार्थकता है। इसीलिए तलाक देना या वैवाहिक संबंध का विच्छेद करना प्रशंसनीय नहीं है। यह तो पराभव है और उसका टूटना हार समझना चाहिए। इसलिए इस पराभव को टालने का पूरा प्रयास करना चाहिए। 'पराभव' को 'गौरव' समझना कभी भी उचित नहीं होता। ज्यादा-से-ज्यादा उसे अपरिहार्य समझकर कभी-कभार समर्थन किया जा सकता है। सुसंस्कृत जीवन की आधारशिला संयम मानी जाती है। इसीलिए हमारी संस्कृति ने स्वच्छंदता का निषेध किया है। जहाँ स्वच्छंदता का निषेध होता है वहाँ उस स्वच्छंदता के कारण आई विकृतियों का निषेध होना स्वाभाविक ही है।

परिवार में पति-पत्नी और उनके बच्चे—केवल इतनों के ही होने की संकुचित कल्पना हमारी संस्कृति को मान्य नहीं है। परिवार में बड़े-बूढ़े, माँ-बाप का भी स्थान है। वृद्धाश्रम विदेशी विचार है और परिवार व्यवस्था की विफलता का द्योतक है। मेरे एक मित्र हैं, जो ऑस्ट्रेलिया घूमकर आए हैं। उन्होंने वहाँ के वृद्धाश्रम देखे हैं। वृद्धाश्रमों में भरती करानेवाले व्यक्तियों के लिए आवेदन-पत्र में एक कॉलम यह भी है—'रात्रि नौ बजे के बाद यदि माता-पिता की मृत्यु हो जाए तो वह खबर आपको कब दी जाए? तुरंत या सवेरे के नाश्ते के बाद?' ९० प्रतिशत व्यक्तियों ने फॉर्म भरते समय नाश्ते के बाद का पर्याय दिया था। भारतीय संस्कृति में ऐसे प्रश्नों और उनके उत्तरों की तो कल्पना भी नहीं की जा सकती।

'संयुक्त परिवार' केवल आदर्श ही नहीं बल्कि हमारी आवश्यकता भी है। ऐसे परिवार में यदि रहना हो तो संयम रखना ही पड़ेगा और संयम ही नैतिकता का आधार होता है। एक साथ रहने से सबसे उत्तम व्यवहार करने और मिल-जुलकर रहने की प्रवृत्ति बनती है। स्वभाव का तीखापन या धार अपने आप घिसती जाती है और मनुष्य अधिक समझदार एवं सहानुभूतियुक्त

बनने लगता है। ऐसे परिवारों में तलाक का अवसर कभी आता ही नहीं। मनोवैज्ञानिकों द्वारा आत्महत्या संबंधी जो आँकड़े एकत्र किए गए हैं, उनमें स्पष्ट दिखाई देता है कि संयुक्त परिवारों में आत्महत्या के प्रमाण बहुत कम हैं। अकेले रहनेवालों में या अत्यंत छोटे परिवारों में इन घटनाओं की संख्या तुलना में अधिक पाई गई है।

कालिदास के 'अभिज्ञानशाकुंतल' नाटक में ससुराल जा रही शकुंतला को कण्व मुनि ने जो उपदेश दिया है, वही उपदेश अपनी कन्या को ससुराल भेजते समय सभी माता-पिताओं को अवश्य देना चाहिए। कण्व मुनि ने शकुंतला को यह नहीं कहा कि 'जा बेटी, अब तो तू रानी बन गई है, घर पहुँचकर पटरानी बन जा और केवल अपने पति का ही विचार कर।' उनका उपदेश था, 'बड़े व्यक्तियों की सेवा करना, तेरा व्यवहार जैसा अपनी प्रिय सखियों के साथ था वैसा ही व्यवहार अपनी सौत से करना, पति ने यदि तेरा कोई अपराध भी किया तो नाराज होकर उसके मन के विरुद्ध आचरण नहीं करना, सेवकों के साथ अत्यंत सौजन्यपूर्ण व्यवहार करना एवं अपार धन तथा यश और प्रतिष्ठा भी मिले तो उसका घमंड नहीं करना। इस तरह तरुणियों का रूपांतर गृहिणी में होता है। इसके विपरीत आचरण करनेवाली स्त्री अपने परिवार के लिए बीमारी बन जाती है।'[११]

आजकल तो सौतों का जमाना ही नहीं रहा; पर देवरानियाँ एवं जेठानियाँ होती हैं, उनके साथ प्रेमपूर्ण व्यवहार होना जरूरी है। विभक्त होनेवाले सौ में से निन्यानबे परिवारों के लिए स्त्री ही कारणीभूत होती है। कण्व मुनि का यह उपदेश कि 'पति यदि नाराज हो भी गया तो तुम नाराज न होना' आज भी उतना ही समयोचित है। कलह में किसी एक को तो झुकना ही पड़ता है न! स्त्री बड़े नरम स्वभाववाली होती है और सहनशील भी होती है; अनेक टूटे हुए दिल उसकी नम्रता से जुड़ सकते हैं। इसीलिए यह उपदेश है।

इब्सेन[१२] का 'पीरजिंट' नामक एक काव्यात्मक नाटक है, या यों कहिए, नाट्यमय काव्य है। पीरजिंट की पत्नी जंगल की एक झोंपड़ी में उसकी बाट जोहती रहती है। पीरजिंट सारे संसार में घूमता रहता है और हर प्रकार का अनुभव संगृहीत करता रहता है। अनेक वर्षों बाद एक दिन अत्यंत भावुक स्थिति में वह पत्नी के झोंपड़े के सामने आता है। उसकी पत्नी की

आँखों की ज्योति समाप्त हो गई है और वह चरखे पर सूत कात रही थी। पति की बाट जोहती वह पत्नी ऐसा गीत गा रही थी, जिसमें पति के आने की आशा निहित थी।

पीरजिंट कहता है, 'देखो, मैं आ गया हूँ, बड़ा थका-माँदा हूँ।'

पत्नी कहती है, 'आ गए! मुझे मालूम था, तुम अवश्य आओगे। आओ, मैं तुम्हें अपनी गोद में थपकी देकर सुलाती हूँ। तुम्हारे लिए लोरी गाती हूँ।'

पीरजिंट—'तुम अभी तक मुझसे प्यार करती हो?'

पत्नी—'क्यों नहीं! तुम अच्छे ही हो।'

पीरजिंट—'मैं क्या खाक अच्छा हूँ! सारी दुनिया मुझे गंदा समझती है, खराब कहती है और मैं तुम्हें अच्छा लगता हूँ?'

पत्नी—'हाँ।'

पीरजिंट—'लेकिन मैं तो बहुत बुरा हूँ, मुझमें अच्छाई कहाँ है?'

पत्नी—'है, मेरी आशाओं में, मेरे प्यार में, मेरे सपनों में तुम मुझे अच्छे ही दिखाई देते हो।'

बस यहाँ उस पुस्तक का अंत होता है। 'मेरी आशाओं में, मेरे सपनों में, मेरे प्यार में।' इन्हीं शब्दों में स्त्री के जीवन का सार है। पति की ओर देखनेवाली उसकी दृष्टि अलग ही होती है।[१३]

परिवार एक पाठशाला है। बच्चों की सारी शिक्षा-दीक्षा इसी पाठशाला में होती है। बड़ों को भी यहीं से शिक्षा मिलती है। संयुक्त परिवार में रहने से मन उदार होता है। संयुक्त परिवार व्यक्ति का पशुत्व निकाल देता है और उसे आदमी बना देता है।

काफी लंबे अरसे से परिवार आर्थिक उत्पादन की इकाई भी होता था। बाल्यकाल से ही व्यक्ति अपने परिवार में रहते हुए हुनर सीख लिया करता था। इससे उद्योगों का विकेंद्रीकरण स्वतः हो जाता था। इससे शोषण की संभावना नहीं रहती थी।

वाष्प (भाप) की खोज हुई और बड़े उद्योगों का जन्म हुआ। अपने साधनों पर कारीगरों की मिलकीयत समाप्त हुई और उसे नौकर बनने के लिए मजबूर होना पड़ा। इससे पूँजी का केंद्रीयकरण हुआ और स्वभावतः शोषण

प्रक्रिया का प्रारंभ हुआ। बिजली की खोज होने के बाद तो घर-घर में बिजली पहुँची और पुनः अधिकाधिक मात्रा में विकेंद्रीकरण के अवसर उपलब्ध होते गए। इस वातावरण में यदि परिवार को इकाई मानकर आर्थिक व्यवस्था की गई तो केंद्रीकरण से उत्पन्न होनेवाले दोषों से छुटकारा मिल जाएगा। साथ ही शोषण की समस्या भी समाप्त हो जाएगी। इस व्यवस्था में मालिक ही मजदूर और मजदूर ही मालिक होगा। परिवार व्यवस्था से ऐसे अनेक सामाजिक, वैयक्तिक तथा नैतिक लाभ हैं। परिवार भारतीय संस्कृति की एक खास विशेषता है। आजकल तो स्वतंत्रता के नाम पर स्वच्छंदता का पोषण करनेवाली, विवाह-बाह्य संबंधों को नैसर्गिक समझनेवाली प्रवृत्तियों का ही बोलबाला है। वास्तव में यह स्थिति भारतीय संस्कृति से मेल नहीं खाती। इससे न तो व्यक्ति की उन्नति होती है, न समाज का हित होता है।

टिप्पणी

१. देखिए, रघुवंश, सर्ग ५, श्लोक १०।

२. वागर्थाविव संपृक्तौ। (रघुवंश, सर्ग १, श्लोक १)

३. वामाङ्कारूढसीतामुखकमलमिलल्लोचनम्। (रामरक्षास्तोत्रम्)

४. पिता रक्षति कौमारे भर्ता रक्षति यौवने।
रक्षन्ति स्थविरे पुत्राः न स्त्री स्वातन्त्र्यमर्हति॥ (मनुस्मृति, अध्याय ९, श्लोक ३)

५. यत्र नार्यस्तु पूज्यन्ते रमन्ते तत्र देवताः।
यत्रैतास्तु न पूज्यन्ते सर्वास्तत्राफलाः क्रियाः॥ (मनुस्मृति, अध्याय ३, श्लोक ५६)

६. पितृभिर्भ्रातृभिश्चैताः पतिभिर्देवरैस्तथा।
पूज्या भूषयितव्याश्च बहुकल्याणमीप्सुभिः॥ (मनुस्मृति, अध्याय ३, श्लोक ५५)

७. धर्मे अर्थे च कामे च नातिचरामि।

८. समानी व आकूतिः समाना हृदयानि वः।
समानमस्तु वो मनो यथा वः सुसहासति॥

९. द्यौरहं पृथ्वी त्वं सामाहमृक्त्वम्।
संप्रियौ रोचिष्णू सुमनस्यमानौ जीवेम शरदः शतम्॥

१०. "That marriage is successful which transforms a chance mate into a life companion." (Dr. S. Radhakrishnan, Hindu View of Life, Page 55)

११. शुश्रूषस्व गुरून् कुरु प्रियसखीवृत्तिं सपत्नीजने
भर्तुर्विप्रकृताऽपि रोषणतया मा स्म प्रतीपं गमः।

भूयिष्ठं भव दक्षिणा परिजने भाग्येष्वनुत्सेकिनी
यान्त्येवं गृहिणीपदं युवतयो वामाः कुलस्याधयः॥ (अभिज्ञानशाकुंतल, ४।१८)

१२. सुप्रसिद्ध नार्वेजियाई नाटककार (ई.स. १८२८ से १९०६)

१३. यह संपूर्ण आलेख स्व. साने गुरुजी की 'भारतीय संस्कृति' नामक पुस्तक से लिया गया है, पृष्ठ १६५-६६।

□

श्रद्धा और बुद्धि

अनेक व्यक्ति मानते हैं कि श्रद्धा और बुद्धि में अकसर संघर्ष होता है; परंतु भारतीय संस्कृति को यह अमान्य है। बुद्धि का एक अपना अलग विशेष स्थान है, और जहाँ बुद्धि ठहर जाती है या कुंठित हो जाती है वहीं से श्रद्धा का क्षेत्र प्रारंभ होता है। हमारे शास्त्रों के अनुसार, बुद्धि प्रकृति का कार्य (विकार) है। मूल प्रकृति से उत्पन्न पहला कार्य यानी बुद्धि, जिसे 'महत्' भी कहते हैं। बुद्धि का लक्षण है 'अध्यवसाय'[१] अर्थात् निश्चय। मन तो संकल्प-विकल्पात्मक होता है, यानी मन में विचार आते हैं तो उन विचारों के विषय में संदेह भी उत्पन्न होते हैं। इस तरह मन तो विचारों और संदेहों का स्थान है; पर बुद्धि निश्चय का स्थान है। कोई भी वस्तु या विचार ऐसा ही है, वैसा नहीं है, यह बताना केवल बुद्धि का ही कार्य है।

बुद्धि द्वारा उत्पन्न निश्चय प्रत्यक्ष प्रमाणों या अनुमानों के आधार पर होता है। अग्नि की दाहकता का अनुभव लेने के बाद ही बुद्धि ने अग्नि को गरम घोषित किया है। इस अनुभव के विरुद्ध यदि किसी ने निर्णय भी दिया तो उसे कौन मानेगा! शंकराचार्य ने कहा ही है कि 'हजारों श्रुति यदि आकर यह कहें कि अग्नि शीतल है तो भी उनकी कोई सुनेगा नहीं।' इसका कारण यही है कि बुद्धि द्वारा दिया गया यह निर्णय प्रत्यक्ष अनुभव पर आधारित है। हमारी जो पाँच ज्ञानेंद्रियाँ हैं—आँख, कान, नाक, जिह्वा और त्वचा—इनसे प्राप्त ज्ञान को 'प्रत्यक्ष ज्ञान' कहते हैं। आँखों से रूप का, कानों से शब्द का, नाक से गंध का, जिह्वा से स्वाद का तथा त्वचा से स्पर्श का ज्ञान होता है; परंतु इन इंद्रियों की शक्ति भी मर्यादित होती है। ऐसे अनेक विषय हैं, जहाँ ये

इंद्रियाँ पहुँच नहीं पातीं। फिर भी उस स्थान या विषय का ज्ञान होता है। यह ज्ञान अनुमान द्वारा होता है। इस अनुमान का शास्त्र तर्कशास्त्र ही है। कहीं सुदूर प्रदेश में धुआँ उठता दिखाई देता है, पर आग की लपटें तो दिखाई नहीं देतीं; फिर भी उस धुएँ को देखकर हम यही तर्क करते हैं कि वहाँ आग लगी होगी। आग का यह ज्ञान तो हमें अनुमान करने से मिला है। जिस प्रकार प्रत्यक्ष प्रमाण और अनुभव से बुद्धि ज्ञान का निश्चय करती है उसी प्रकार अनुमान के आधार पर भी ज्ञान का निश्चय प्राप्त होता है। तर्क भी ठीक ढंग से करने के लिए कुछ नियम बनाए गए हैं। इन नियमों की चर्चा यहाँ करना आवश्यक नहीं है, परंतु इनका पालन यदि ठीक ढंग से नहीं हुआ या उनमें गड़बड़ी की गई तो उनसे उत्पन्न होनेवाले निष्कर्ष भी गलत होंगे। इन गलत निर्णयों को 'हेत्वाभास' कहा जाता है, (कुतर्क) अंग्रेजी में इसे 'फैलेसी' कहते हैं।

कई बार ऐसे भी प्रसंग आते हैं जब प्रत्यक्ष ज्ञान नहीं हो पाता और अनुमान के आधार पर भी निर्णय लेने योग्य परिस्थिति नहीं रहती; फिर भी हमें ज्ञान होता है। यह ज्ञान श्रद्धा पर आधारित होता है। दूसरे शहर में रहते समय कोई व्यक्ति आकर समाचार दे जाता है कि आपके पिता की मृत्यु हो गई है। दूरस्थ प्रदेश में रहने के कारण हम पिता को प्रत्यक्ष नहीं देख सकते और न ही उनकी मृत्यु का अनुमान ही कर सकते हैं; परंतु जिस व्यक्ति ने आकर यह समाचार दिया है, वह सच्चा होगा, झूठ नहीं बोलेगा, यह हमारी श्रद्धा होती है और उसके बताने पर सारा कामकाज छोड़कर पिताजी के अंत्य दर्शन के लिए हम चले जाते हैं। पिता की मृत्यु का ज्ञान हमें जिस प्रकार हुआ और जिस पद्धति से हुआ, उसे शास्त्रीय भाषा में 'आप्त वचन' कहते हैं। 'आप्त' का अर्थ स्वजन या सगा-संबंधी न होकर 'आप्त' यानी सत्य वचन, प्रामाणिक कथन है। 'आप्त' की शास्त्रीय परिभाषा है 'यथार्थदर्शी', 'यथार्थवक्ता'। यानी जो जैसा है वैसा देख सकता है और जैसा है वैसा कह भी सकता है। सामान्य व्यक्ति को अपने व्यक्तिगत अहंकार अथवा पूर्वग्रह के कारण जैसा है वैसा बता पाना संभव नहीं होता। इसीलिए श्रुति अथवा वेद वचनों को ही 'आप्त' कहा गया है। कोई माने या न माने, 'आप्त वचन' श्रद्धा का ही भाग है। कहीं दूर अमेरिका में बड़ा भूकंप आता है, हम उसे देख नहीं

सकते और न उसका अनुभव ही कर सकते हैं; फिर भी जब समाचारपत्रों में यह समाचार आता है तो उसपर भरोसा करते हैं, विश्वास कर लेते हैं। इस संदर्भ में वृत्त संस्था 'आप्त' हो जाती है और श्रद्धा के कारण ही हम उस संस्था पर विश्वास करते हैं।

भौतिक विश्व का ज्ञान बुद्धि से हो सकता है, पर कुछ अभौतिक बातें भी अस्तित्व में हैं, यह हमारी संस्कृति की मान्यता है। 'श्रीमद्‌भगवद्‌गीता' में दो प्रकार की ईश्वरीय प्रकृति बतलाई गई है—भौतिक प्रकृति और अभौतिक प्रकृति यानी जीवभूत चैतन्य।[२] मूल प्रकृति—जो मूढ़ है, जड़ है उसमें से चैतन्य की उत्पत्ति संभव नहीं है, इसीलिए इसे 'ईश्वरी प्रकृति' कहना चाहिए। इस जीवभूत प्रकृति अथवा चैतन्य का ज्ञान बुद्धि द्वारा होना संभव नहीं है।[३] यह श्रद्धा से ही संभव है।

चैतन्य को ही हम 'आत्मतत्त्व' भी कहते हैं। वह दिखाई तो नहीं देता, पर रहता अवश्य है। ईश्वर को भी कभी किसी ने देखा नहीं है, फिर भी श्रुति का कहना है कि ईश्वर है। आखिर ज्ञानेश्वर, संत तुकाराम अशिष्ट व्यक्ति तो थे नहीं। उन्होंने कभी भी जनता के साथ खिलवाड़ नहीं किया, इसका पूरा भरोसा हमें रहता है। इसलिए इनके द्वारा कहे गए शब्दों पर पूरी श्रद्धा रखते हुए हम स्वीकार करते हैं कि ईश्वर है। भौतिक विश्व बुद्धि का क्षेत्र है तो अभौतिक विश्व श्रद्धा का।

'छांदोग्योपनिषद्' में पुत्र को आत्मतत्त्व का उपदेश देते हुए पिता कहते हैं, 'पुत्र श्वेतकेतु! इस वटवृक्ष का बीज ला।' श्वेतकेतु बीज लाता है तो पिता कहते हैं, 'पुत्र, इसके टुकड़े कर।' श्वेतकेतु उस बीज के छोटे-छोटे टुकड़े कर देता है, तो पिता उसे और सूक्ष्म टुकड़े करने के लिए कहते हैं। तब श्वेतकेतु विनम्रतापूर्वक कहता है, 'इससे ज्यादा सूक्ष्म टुकड़े होना तो संभव नहीं है, क्योंकि वे दिखाई भी नहीं देते।' इसपर पिता कहते हैं, 'बेटा, इस दिखाई न देनेवाले अणुमात्र बीज से ही इतना विशाल वटवृक्ष तैयार होता है, इसपर तू विश्वास कर।'[४]

तात्पर्य यह है कि आत्मज्ञान के क्षेत्र में श्रद्धा को ही स्थान प्राप्त है। अकसर हम 'अंधश्रद्धा' शब्द का प्रयोग करते हैं। प्रत्यक्ष प्रमाण द्वारा अथवा तर्कपूर्ण अनुमान द्वारा जो निश्चित होता है, उसे अमान्य कर देना और किसी

पुस्तक में जो लिखा है या किसी महापुरुष ने जो कहा है, उसी पर पूरा विश्वास करना 'अंधश्रद्धा' कहलाता है। भारतीय संस्कृति को 'अंधश्रद्धा' पूर्णतः अमान्य है। जो भी बुद्धि से प्राप्त होता है, यानी जो बुद्धिगम्य है, उसके लिए बुद्धि का आसरा लिया जाना चाहिए। ज्ञान का तो नित्य नया आविष्कार होता रहता है। बुद्धिवान् व्यक्ति, ऋषि, मुनि, वैज्ञानिक नए सत्य ढूँढ़ते रहते हैं। ये सत्य जब तक अज्ञात रहते हैं तब तक अन्य व्यक्तियों द्वारा बताई गई बातों पर या परंपरा के अनुसार चली आई बातों पर विश्वास करके हम काम करते रहते हैं। यह नैसर्गिक ही है। परंतु जब प्रमाण सहित अन्य सत्य हमारे सम्मुख प्रस्तुत किया जाता है तब उसे भी स्वीकार करना चाहिए। सत्य पृथक् होते हुए भी, और प्रमाण द्वारा सिद्ध किए जाने के बाद भी, यदि पुरानी समझ पर ही विश्वास किया गया तो उसे 'अंधश्रद्धा' ही कहेंगे। उसका परित्याग करना ही उचित होगा। यदि हमारी बुद्धि स्वच्छ और निर्मल होगी तो इस नए ज्ञान को हम स्वीकार ही करेंगे तथा दुराग्रह से कभी चिपके नहीं रहेंगे। किसी विशिष्ट बात पर अड़ियल न रहना ही तो बुद्धि का फल है। शास्त्रों का कहना है—'बुद्धेः फलं अनाग्रहः।'

बुद्धि के आधार पर ही ज्ञान की वृद्धि होती है; परंतु इसके लिए कठिन परिश्रम करना पड़ता है। इसी कष्ट को हमारी संस्कृति में 'तपश्चर्या' कहा गया है। हमारी संस्कृति में तपस्वियों की पूजा हमेशा होती रही है। इन्हीं तपस्वियों ने अनेक क्षेत्रों में विविध प्रयोग करके उनसे प्राप्त ज्ञान समाज को समर्पित किया है। ऐसे तपोनिधियों द्वारा प्राप्त ज्ञान पर ही हमारी संस्कृति की इमारत खड़ी है।

बुद्धि से मिलनेवाला भौतिक ज्ञान और श्रद्धा से प्राप्त होनेवाले आध्यात्मिक ज्ञान में विरोध को हम नहीं मानते। बाह्य ज्ञान का अंतरंग से संबंध है तथा बाह्य सृष्टि अंतरंगी चैतन्य का रूप और आकार है—यह हमारी संस्कृति की मौलिक मान्यता है। हमारी संस्कृति विश्व की ओर इसी एकात्म दृष्टि से देखती है; जितनी एकात्म उतनी ही एक-दूसरे से संबद्ध। नया भौतिक शास्त्र भी अब शनैः-शनैः इसी भूमिका पर उतरने लगा है। भौतिक शास्त्र का विशेषज्ञ और नोबल पुरस्कार विजेता फ्रिजॉफ काप्रा का निम्नलिखित विचार ध्यान देने योग्य है। उसने कहा, 'अनेक भौतिक शास्त्रज्ञ कुछ ऐसी

परंपरा में पले-बढ़े हैं, जिसमें अध्यात्म को कुछ धुँधला, रहस्यमय या अवैज्ञानिक समझा जाता है। मैं भी उनमें से एक हूँ। परंतु उनकी संकल्पनाओं की तुलना जब अध्यात्म की संकल्पनाओं से की गई तो उन्हें बड़ा धक्का लगा। सौभाग्यवश अब उनके दृष्टिकोण में परिवर्तन नजर आने लगा है। अनेक वैज्ञानिक पौरस्त्य धारणाओं और विचारों के प्रति आकर्षित हुए हैं। ध्यान धारणा की ओर अब संदेह या उपहास की दृष्टि से नहीं देखा जाता। वैज्ञानिक विश्व में भी अध्यात्म को गंभीरता से स्वीकार किया जा रहा है। अधिकाधिक वैज्ञानिक अब समझने-मानने लगे हैं कि विद्यमान वैज्ञानिक सिद्धांतों को सुसंगत तात्त्विक पृष्ठभूमि देने का कार्य अध्यात्म विचार द्वारा हो रहा है। वैज्ञानिकों को एहसास हो गया है कि उनकी खोजें मनुष्य की आध्यात्मिक धारणा और उद्देश्यों से सुसंगत है।"[५]

बुद्धि और श्रद्धा, भौतिक ज्ञान और आध्यात्मिक अनुभव में अब द्वैत समाप्त हो रहा है। भारतीय संस्कृति ने तो इनका द्वैत कभी माना ही नहीं। ज्ञान और विज्ञान, प्रकृति और पुरुष—ये सब उसी एक महान् चैतन्य तत्त्व के आविष्कार हैं। वे एक-दूसरे से जुड़े हैं। समूचा विश्व ही परस्पर संबद्ध और एकात्म है। हमारी संस्कृति का यही कहना है। इस एकात्मता को टिकाए रखना और तदनुसार जीवन का दृष्टिकोण अपनाने के लिए प्रवृत्त करने का महान् कार्य धर्म द्वारा किया गया है। जो जोड़ता है वही धर्म है—यही 'धर्म' शब्द की व्युत्पत्तिमूलक व्याख्या बताई गई है।

टिप्पणी

१. अध्यवसायो बुद्धिः। (सांख्यकारिका, क्रमांक २३)

२. अपरेयमितस्त्वन्यां प्रकृतिं विद्धि मे पराम्।
जीवभूतां महाबाहो ययेदं धार्यते जगत्॥ (भगवद्गीता, अध्याय ७, श्लोक ५)

३. नैषा तर्कण मतिरापनेया। (कठोपनिषद्, द्वितीय वल्ली, अध्याय १, मंत्र ६)

४. श्रद्धस्त्व सौम्येति। (छांदोग्य उपनिषद्, खंड १२, मंत्र २)

५. "Many physicists brought up, as I was, in a tradition that associates mysticism with things vague, mysterious and highly unscientific, were. shocked at having their ideas compared to those of mystics. Fortunately this attitude is now changing. As Eastern thought has begun to interest a significant number of people and meditation is no longer viewed with redicule or suspician, mysticism is being taken seriously even within the scientific community. An increasing number of scientists are awave that mystical thought provides a consistant and relevant philosophical background to the theories of contemporary science, a conception of the world in which the scientific discoveries of men and women can be in perfect harmony with their spiritual aims and religions beliefs." (Frifjot Kapra–Turning point, Page 66-67)

□

मृत्यु

जन्म मिलता है तो मृत्यु अवश्यंभावी है। जिसका जन्म होता है उसक मृत्यु होगी ही।[१] जन्म होने के पूर्व हम अव्यक्त-अदृश्य रहते हैं और मृत्यु बाद वही अव्यक्त, उस बीच के ही काल में हमें व्यक्त रूप मिलता है।[२] इ प्रकार मृत्यु का अर्थ अदृश्य या अव्यक्त होना है, मृत्यु—यानी नाश नहीं। य केवल रूपांतर है। 'भगवद्गीता' का कहना है कि जिस प्रकार हम पुरा वस्त्रों का परित्याग कर नए बस्त्र धारण करते हैं उसी प्रकार आत्मा पुराना शरीर छोड़कर नया शरीर धारण करता है।[३]

इसलिए मृत्यु से डरना नहीं चाहिए, उसके लिए शोक या दुःख भी नहीं करना चाहिए। मृत्यु को अपना मित्र समझना चाहिए। तभी तो जीवन का आनंद मिलेगा। मृत्यु नहीं होगी तो सारा जीवन रसहीन हो जाएगा, असहनीय हो जाएगा। जीवन का या जीने का सारा आनंद और सुख समाप्त हो जाएगा, जीने में कोई अनुशासन नहीं रह जाएगा। जीवित रहने की इच्छा रहती है, मृत्यु का डर रहता है, इसीलिए तो जीवन जारी रहता है। यदि मृत्यु ही न हो तो सारे लोग मार्ग के बीच से ही चलने लगेंगे, फिर ट्रक आए या मोटर, कोई रास्ता छोड़कर नहीं चलेगा। पीछे से आनेवाला व्यक्ति चार कदम आगे चल नहीं पाएगा। मृत्यु है, इसीलिए तो सारा विश्व सुचारु रूप से चल रहा है।

साने गुरुजी ने 'मृत्यु चे काव्य' नामक एक बड़े सुंदर प्रकरण में एक जर्मन दंतकथा का उल्लेख किया है।[४] यह दंतकथा इस प्रकार है—'एक राक्षस था, जिसे परमात्मा ने कभी न मरने का अभिशाप दिया था। वह राक्षस

बहुत अस्वस्थ हो गया। वह जिंदगी से ऊब गया। वह अपनी जिंदगी को भूल जाना चाहता था। रोजमर्रे की बातों को भूल जाना चाहता था। शरीर से चिपका यह मिट्टी का गोला घुल जाए, नीचे गिर जाए—यही उसकी इच्छा होती थी। यह देह की खोल, यह देह का बोझ कब गिरेगा—इस विचार से वह छटपटाता था। परंतु उसकी जिंदगी समाप्त नहीं होती थी, उसकी मृत्यु नहीं हो रही थी। वह एक ऊँची चट्टान पर चढ़ गया और छलाँग लगा दी; पर गेंद की भाँति उछलकर वह ऊपर आ गया। आग उसे जला नहीं पाती, विष उसके लिए अमृत हो जाता। वह राक्षस परमात्मा को कोसता था, दाँत पीसता था, भगवान् को दोष देता फिरता था। हृदय में आग की ज्वाला उठती थी, पर उसे शांत करनेवाले मृत्यु के मेघ बरसते नहीं थे। उस राक्षस की यह दीन अवस्था समाप्त नहीं होती।'

वास्तव में मृत्यु बड़ा भाग्य है। उससे डरना नहीं चाहिए। उचित समय पर उसके स्वागत के लिए तैयार रहना चाहिए। शैशव, बाल्य, तरुणाई, वृद्धत्व—ये सब नैसर्गिक विकास की सीढ़ियाँ हैं। इसी क्रम में मृत्यु भी अगली सीढ़ी है। शिशु का रूपांतर जब बाल्यावस्था में होता है तो क्या हमें डर लगता है? बाल्यकाल से हम तरुणावस्था में प्रवेश करते हैं तो क्या हम किसी प्रकार भयभीत होते हैं? क्या कोई चिंता हमें सताती है? इसी तरह हमें वृद्धावस्था का भी स्वागत करना चाहिए। सफेद बालों में भी एक सुंदरता होती है। अनेक व्यक्ति बाल काले करते हैं और वृद्धत्व को अस्वीकार करने की चेष्टा करते हैं। जो लोग वृद्धावस्था से भयभीत रहते हैं, वे मृत्यु से डरे बिना रह सकते हैं? कविवर भा.रा. तांबे ने कहा है, 'मृत्यु में ही सारा विश्व जीवित रहता है, पहले मरण, फिर अ-मरण।'

मृत्यु से—अर्थात् जीवन के अंत से—दुःख और विरह होता है। अतः किसी की मृत्यु पर दुःख करना, रोना-धोना स्वाभाविक है, परंतु इस दुःख को जीवन भर सहेजे रहना क्या जरूरी है? दस दिनों तक, ज्यादा-से-ज्यादा तेरह दिनों तक शोक करना ठीक है। बाद में परिवारजनों को बुलाकर, उनके साथ बैठकर मिष्टान्न भोजन करना चाहिए। नए वस्त्र धारण करना चाहिए। नए वस्त्र खुद जाकर लाना कुछ अटपटा लगता हो तो परिवारजनों द्वारा दिए वस्त्र स्वीकार कर उन्हें पहनना चाहिए। तात्पर्य यह कि शोक भूल जाना चाहिए,

उसका विस्मरण होना चाहिए तथा जीवन का पुनः आनंद लेने के लिए तैयार होना चाहिए। यही हमारी परंपरा है।

मुझे तो ऐसा लगता है कि मृत्यु के संबंध में ऐसी सुंदर, उदात्त और समझदारी पूर्ण धारणा केवल भारतीय संस्कृति में ही है। मृत्यु का अर्थ अंत नहीं है, बल्कि नए जीवन को जन्म देनेवाली स्थिति है। जैसे—निशा (रात) उष:काल को जन्म देती है वैसे ही मृत्यु जीवन को जन्म देती है। मृत्यु के बाद नए जीवन की गारंटी, पुराने वस्त्र फटने के बाद नए वस्त्र मिलने की गारंटी जैसी ही है। आश्चर्य तो इस बात का होता है कि जन्म-मृत्यु का यह तत्त्वज्ञान हमारे रोम-रोम में बैठ गया है। फिर भी हम मृत्यु से बहुत डरे दिखाई देते हैं। जिस व्यक्ति को नए वस्त्र मिलने की गारंटी हो, वह पुराना वस्त्र फटता देख यदि शोक करे तो आश्चर्य ही होगा। इसके विपरीत जो लोग मृत्यु के बाद पुनः जन्म को नहीं मानते, मृत्यु यानी पूर्णतः अंत मानते हैं तथा कयामत के दिन तक कब्र में पड़े रहते हैं, कयामत के दिन ईश्वर उस न्यायासन पर बैठकर फिर स्वर्ग या नरक का बँटवारा करेगा—इस प्रतीक्षा में रहते हैं, वे तो मृत्यु से डरते नहीं! सच कहा जाए तो मृत्यु से किसी को भी डरने की आवश्यकता नहीं। यदि विश्व में ऐसे लोग हों तो वे निस्संदेह हिंदू ही हो सकते हैं। खेद है कि वही लोग मौत का डर बाँधे बैठे हैं। स्वातंत्र्यवीर सावरकर के समान हमें भी सोचना-कहना चाहिए, 'मैं अनादि हूँ, मैं अनंत हूँ, अवध्य भी हूँ, मुझे मारनेवाला इस विश्व में शायद ही कोई जनमा होगा।"[५]

टिप्पणी

१. जातस्य हि ध्रुवो मृत्युः ध्रुवं जन्म मृतस्य च।

(श्रीमद्भगवद्गीता, अध्याय २, श्लोक २७)

२. अव्यक्तादीनि भूतानि व्यक्तमध्यानि भारत।
अव्यक्तनिधनान्येव तत्र का परिदेवना॥

(श्रीमद्भगवद्गीता, अध्याय २, श्लोक २८)

३. वासांसि जीर्णानि यथा विहाय नवानि गृह्णाति नरोऽपराणि।
तथा शरीराणि विहाय जीर्णान्यन्यानि संयाति नवानि देही॥

(श्रीमद्भगवद्गीता, अध्याय २, श्लोक २२)

४. देखिए, 'भारतीय संस्कृति', साने गुरुजी, पृष्ठ २८०-८१।

५. स्वातंत्र्यवीर सावरकर की 'आत्मबल' शीर्षक कविता की अंतिम पंक्तियाँ—

अनादि मी, अनंत मी, अवध्य मी भला।
मारिल रिपु जगति असा कवण जन्मला॥

□

संस्कृति के मूल्य और संस्कृति के आदर्श

संस्कृति अच्छा और बुरा नापने का मापदंड है। क्या अच्छा है और क्या बुरा—इसका ज्ञान तो मनुष्य को संभवतः जन्म से ही होता होगा, परंतु अच्छे काम करने हैं तथा बुरे कर्मों से दूर रहना है—यह आचरण में लाने के लिए शिक्षा तथा संस्कारों की आवश्यकता होती है। शिक्षा केवल विद्यालयों या पाठशाला में ही नहीं मिलती, बल्कि घरों और परिवारों में भी मिलती है। सामाजिक वातावरण भी एक उत्तम मार्गदर्शक होता है। व्यक्ति के मन पर इस शिक्षा की छाप पड़ती है और उसी के अनुरूप उसका आचरण होता है।

एक अनपढ़, अशिक्षित व्यक्ति को भी अच्छे-बुरे का ज्ञान होता है। चोरी करना बुरा है, दूसरों की सहायता करना अच्छी बात है—इसका बोध उसे रहता ही है। ऐसी बात नहीं है कि केवल सजा या दंड के भय से ही लोग चोरी नहीं करते, बल्कि उनकी अंतरात्मा उन्हें इस व्यवहार से दूर रखती है। जो दूसरे का है, उसे मैं नहीं लूँगा, यही उसका निर्धारण होता है। मानव के ऐसे व्यवहारों से ही सांस्कृतिक मूल्यों का सृजन होता है। जो दूसरों का धन है, वह मेरे लिए माटी-मोल है,[१] तुच्छ है, त्याज्य है।

निसर्गतः स्त्री के प्रति पुरुष का आकर्षण होता है। लेकिन जो स्त्री दूसरे की है, उसकी ओर देखने का हमारा दृष्टिकोण क्या होना चाहिए? क्या अभिलाषा-युक्त? नहीं, कदापि नहीं। उसकी ओर हमें सम्मान, आदर, पवित्रता की भावना से देखना चाहिए, मानो वह मातृतुल्य हो।[२] बस, इसी भावना से एक और सांस्कृतिक मूल्य प्रस्थापित हो जाता है। किसी अनपढ़ को भी इसका पूरा ज्ञान होता है। घर में यदि बालक का जन्म होता है तो क्या कोई उसे

'रावण' के नाम से संबोधित किया जाता है? नहीं। क्यों नहीं किया जाता, जबकि रावण तो एक महान् विद्वान् था, सोने की लंका का राजा था। किंतु रावण को कोई अपना नहीं मानता, उसका अनुकरण भी नहीं करता। वह तिरस्कार योग्य है। जैसा रावण वैसा कंस। कंस ने अपनी बहन को कारागृह में डाल रखा था। राजपद भोगने की लालसा से उसने अपने जन्मदाता को भी जेल में ठूस दिया था। वह भले ही अपनी जाति का हो, फिर भी उसे कोई 'अपना' नहीं कहता। किसी भी यादव व्यक्ति का नाम कंस सिंह कभी किसी ने सुना है? बस, ऐसा ही दुर्योधन के साथ भी है। बड़े भाई की, माता समान पत्नी को केवल बदले की भावना से प्रेरित होकर निर्वस्त्र करने के लिए वह उठा था। जो एक बार मान्य किया, वैसा काम करने को भी तैयार नहीं था। ऐसा दुर्योधन तो अपनी जाति का हो ही नहीं सकता। कहीं इसी दुर्योधन ने कहा है, 'धर्म क्या है—यह मैं अच्छी तरह जानता हूँ, पर धर्मानुसार कार्य करने की मेरी प्रवृत्ति नहीं है। अधर्म क्या है—यह भी भलीभाँति समझता हूँ, पर उससे दूर रहने की मेरी अनुकूलता नहीं है।'[३] ऐसा व्यक्ति भला हमारा आदर्श कैसे बन सकता है! दुर्योधन के हिस्से में ग्यारह अक्षौहिणी सेना थी और पांडवों के पास केवल सात; पर अच्छा और बुरा, पाप और पुण्य के निर्णय का आधार संख्या बल न होकर गुणवत्ता पर निर्भर होता है।

हमारा आदर्श तो भगवान् श्रीराम हैं। सौतेली माँ द्वारा यह प्रस्ताव रखते ही कि 'भरत राजा बनेगा और राम चौदह वर्ष के लिए वन में जाए', सुनते ही राम वनवास के लिए तैयार हो गए। स्वयं पिता राजा दशरथ ने राम से कहा था, 'राम! तू मुझे कारावास में डाल दे और स्वयं राजा बन जा।'[४] परंतु नहीं। जनता भी राम के ही पक्ष में थी, परंतु राम कर्तव्य पर अडिग थे। उन्होंने कैकेयी से पहले ही कह रखा था, 'राजा दशरथ की क्या इच्छा है, यह मुझे आप बताइए, मैं उसी प्रकार चलूँगा, यह मैं प्रतिज्ञा करता हूँ।' राम एक बार ही बोलते हैं, दुबारा नहीं।[५]

इसीलिए राम हमारे आदर्श हैं। और भरत? वह भी आदर्श हैं। माता के प्रयत्नों से मिले सिंहासन को उन्होंने लात मार दी। राम तो जंगलों में चले गए थे, परंतु भरत उनके सिंहासन पर नहीं बैठे। वह राम के पास गए, बार-बार अनुरोध किया, 'आप ज्येष्ठ पुत्र हैं, राजा आपको ही बनना है।' परंतु राम ने

उसे अस्वीकार कर दिया—'रामो द्विर्नाभिभाषते।' अंततः भरत को वापस लौटना पड़ा। किंतु इस पराभव से भरत का स्थान कितना ऊँचा हो गया! हिमालय से भी ऊँचा। राम ने जब अयोध्या लौटने से इनकार कर दिया तो भरत ने उनकी पादुकाएँ माँग लीं। उन्हें मस्तक से लगाया और कहा, 'अब ये ही पादुकाएँ सिंहासन पर अधिष्ठित होंगी। मैं वल्कल वस्त्र पहनकर, जटाएँ बढ़ाकर और केवल कंद-मूल-फल खाकर चौदह वर्ष जीऊँगा और इस अवधि के समाप्त होने पर भी यदि आप अयोध्या नहीं पहुँचे तो अग्नि प्रवेश कर मैं देह-त्याग करूँगा।'[६] इस संसार में तो राजपद प्राप्त करने के लिए, सत्ता प्राप्त करने के लिए बड़े-बड़े युद्ध हुए, भीषण रक्तपात हुआ, साम्राज्य बिखर गए, संघर्ष हुए; पर राजसिंहासन पर न बैठने के लिए दो भाइयों में हुआ संवाद हमारी भारतीय संस्कृति ने ही हमें सुनाया है।

इसे अपवाद नहीं कहा जा सकता। वरतंतु ऋषि का शिष्य कौत्स गुरुदक्षिणा देने के लिए चौदह सहस्र सुवर्ण मुद्रा की माँग लेकर राजा रघु के पास पहुँचा। कुबेर की कृपा से राजा रघु के खजाने में सुवर्ण मुद्राओं की बरसात हुई थी। रघु ने कौत्स से कहा, 'यह सब आपकी कृपा का फल है। आप सब ले जाएँ।' लेकिन कौत्स ने कहा, 'मुझे गुरु को देने के लिए केवल चौदह सहस्र सुवर्ण मुद्राएँ ही चाहिए, इससे ज्यादा मुझे नहीं ले जाना है।' इसपर राजा रघु और कौत्स में वाद छिड़ गया और सारी प्रजा उनकी ओर कुतूहल मिश्रित आदर से देखने लगी।[७] यह हमारी भारतीय संस्कृति की ही देन है।

एक सुंदर युवा राजपुत्र सजे-सजाए रथ पर बैठकर भ्रमण करने निकला। मार्ग में उसने एक बीमार व्यक्ति, एक वृद्ध व्यक्ति और एक शव को देखा। वह बड़ा व्यथित हुआ। राजपुत्र को तो कोई बीमारी नहीं रहती, न तो वह वृद्ध होता है। सारे सुख, आमोद-प्रमोद उसके चरणों पर लोटते रहते हैं, फिर भी दूसरों को होनेवाले कष्ट से स्वयं दुःखी होता है और प्रतिज्ञा करता है कि इस संसार से सारे दुःखों को समाप्त करूँगा। उसने राजमहल छोड़ दिया, सारे वैभवों को ठुकरा दिया। संसार को सारे दुःखों से मुक्त करने के लिए वह घोर तपस्या में लीन हो गया। यह राजपुत्र सिद्धार्थ, भगवान् बुद्ध बने। यह भारतीय संस्कृति का ही आदर्श है।

एक युवा राजा के सम्मुख, उसके एक सरदार द्वारा, दुश्मनों के परास्त होने पर एक लावण्यमयी सुंदर स्त्री नजराने के रूप में प्रस्तुत की गई। सरदार की कल्पना थी कि राजा खुश होगा, उसे अच्छा इनाम मिलेगा; क्योंकि उस सरदार ने अब तक ऐसे ही ऐयाश बादशाह देखे थे। पर वह राजा जरा भी प्रसन्न नहीं हुआ। उस लावण्यवती स्त्री को पूरी सुरक्षा में ससम्मान घर पहुँचाने की व्यवस्था उसने करवाई। यह छत्रपति शिवाजी की कथा है, जो हमारी भारतीय संस्कृति के आदर्श हैं।

एक ओर ऊपर बताए आदर्श हैं और दूसरी ओर विकृति के नमूने हैं। एक नमूना मुगल शासक अलाउद्दीन है, जिसने चित्तौड़ की महारानी पद्मिनी के सौंदर्य की कहानी सुनी और ललचा उठा। बेशर्मी की हद कर उसने पद्मिनी की माँग कर दी। उसके लिए किले पर घेरा डाल दिया, समझौते का नाटक रचा तथा आईने में उसकी छवि देखने की माँग कर दी। यह भी कपट था। किले में आकर उसने पद्मिनी का रूप आईने में देखा। मित्रता के भुलावे में फँसे पद्मिनी के पति उसकी छावनी में जाते हैं, तो उसने कपटपूर्ण रीति से अपने खेमे में कैद कर लिया तथा रिहाई के लिए पद्मिनी की माँग कर दी। किले पर चढ़ाई हुई, राजपूत परास्त हुए, परंतु पद्मिनी अलाउद्दीन के हाथों नहीं लगी। अपने शील के रक्षार्थ उसने हजारों राजपूतनियों के साथ अग्निकुंड में प्रवेश कर जौहर कर डाला। अपने शील की रक्षा के लिए अग्निसात् होनेवाली रानी पद्मिनी और उसकी हजारों सखियाँ भारत की संस्कृति में आदर्श पात्र हैं। अलाउद्दीन केवल तिरस्कार का पात्र है। कहते हैं कि उसकी इस पशुता के पीछे मजहब आधार है। क्या अनीति, अधर्म का गौरव करना किसी मजहब में संभव है?

महज सात और नौ वर्ष की आयु के दो बालक—गुरु गोविंद सिंह के दोनों पुत्र फतेह सिंह और जोरावर सिंह—बिना हिचक मृत्यु को गले लगाने के लिए तैयार हो गए, लेकिन अपना धर्म छोड़ने के लिए कतई राजी नहीं हुए। और यह मौत भी कैसी? मानवता के मुख पर कालिख पोतनेवाली। उन दोनों बालकों को जिंदा दीवार में चिनवा दिया गया। जब छोटे भाई के गले तक ईंटें पहुँच गईं तो बड़े भाई की आँखों में आँसू आ गए। छोटे ने बड़े से पूछा, 'क्यों रो रहे हो? मौत से डर लग रहा है क्या?' बड़े भाई ने कहा, 'नहीं

भाई, मुझे मृत्यु का भय कदापि नहीं है। तुम्हारा जन्म मेरे बाद हुआ और मुझसे पहले जा रहे हो—इसका दु:ख हो रहा है।' निश्चय और धैर्य के पुतले ये दो बालक हमारी संस्कृति के आभूषण हैं और उन्हें मौत दिलानेवाली क्रूरता इतनी निंदनीय है कि जिस दिन इस धरातल से ऐसी क्रूरता का नामोनिशान मिट जाएगा, वह दिन संपूर्ण मानवता के लिए महोत्सव का दिन होगा।

'बलिदान', 'हुतात्मा'—ये शब्द हमारी संस्कृति में गौरव के चिह्न हैं, पर इनसे भी अधिक गौरव की बात 'विजय' होती है। हमारी संस्कृति में विजय की उपासना होती है, हुतात्मा की नहीं। हुतात्मा का गौरव हम अवश्य करते हैं, परंतु उसका अंतिम लक्ष्य विजय होना चाहिए। हमारे सारे अवतार विजयी पुरुष हैं। कुछ सद्‌गुणों के कारण विजय प्राप्त करने में बाधा या अड़चनें आ जाती हैं, इसे 'सद्‌गुण-विकृति' कहा जाएगा। पृथ्वीराज ने अपने बाहुबल से अनेक विजयें प्राप्त कीं, परंतु शत्रु द्वारा दया की भीख माँगते ही वह उन्हें मुक्त कर दिया करता था। शत्रु हमेशा हमें ही हमारा तत्त्वज्ञान सिखाता है और हम उसकी बातों में आ जाते हैं। पृथ्वीराज इसी भुलावे में आ गया और अपने प्राणों से हाथ धो बैठा। ऐसे अनेक प्रसंग हैं। नजीब खान मल्हार राव होल्कर की गिरफ्त में आ गया था, फिर भी उसे मुक्त कर दिया गया और इसकी कीमत पानीपत के युद्ध में पराजय स्वीकार कर, अदा करनी पड़ी। इतनी बड़ी कीमत कि जिससे अंग्रेज आगे चलकर सारा देश जीतते गए। हमारे सामने 'विजय' का, जीत का आदर्श होना चाहिए। विजयादशमी का यही संदेश है। पराजय अथवा हार के कगार पर खड़े शत्रु को सदा धर्म और नीति का स्मरण होता है; परंतु उसके इस छद्‌मी मुखौटे के भुलावे में नहीं आना चाहिए—यही भगवान् श्रीकृष्ण का संदेश है।

प्रसंग 'महाभारत' का है। कर्ण कौरवों का सेनापति था और अर्जुन के साथ उसका घनघोर युद्ध जारी था। कर्ण के रथ का एक चक्का जमीन में फँस गया। उसे बाहर निकालने के लिए कर्ण रथ के नीचे उतरा और अर्जुन को उपदेश देने लगा—'कापुरुष जैसे व्यवहार मत करो। शूरवीर निहत्थों पर प्रहार नहीं किया करते। धर्म युद्ध के नियम तो तुम जानते ही हो। तुम पराक्रमी भी हो। बस, मुझे मेरे रथ का यह चक्का बाहर निकालने का समय दो। मैं तुमसे या श्रीकृष्ण से भयभीत नहीं हूँ, लेकिन तुमने क्षत्रिय कुल में

जन्म लिया है, श्रेष्ठ वंश के पुत्र हो। हे अर्जुन! थोड़ी देर ठहरो।'[८] परंतु भगवान् श्रीकृष्ण ने अर्जुन को ठहरने नहीं दिया। उन्होंने कर्ण को जो उत्तर दिया, वह नित्य स्मरणीय है।[९] उन्होंने कहा, 'नीच व्यक्तियों को संकट के समय ही धर्म की याद आती है। द्रौपदी का चीर हरण करते समय, जुए के कपटी खेल के समय, भीम को सर्पदंश करवाते समय, बारह वर्ष के वनवास तथा एक वर्ष के अज्ञातवास के बाद लौटे पांडवों को उनका राज्य वापस न करते समय, अकेले अभिमन्यु को अनेक लोगों द्वारा घेरकर उसे मृत्यु-मुख में डालते समय तुम्हारा धर्म कहाँ गया था?' श्रीकृष्ण के प्रत्येक प्रश्न के अंत में मार्मिक प्रश्न 'क्व ते धर्मस्तदा गतः' पूछा गया है। इस प्रश्न से कर्ण का मन विच्छिन्न हो गया। श्रीकृष्ण ने अर्जुन से कहा, 'वत्स, देखते क्या हो, चलाओ बाण। इस व्यक्ति को धर्म की चर्चा करने का कोई अधिकार नहीं है।'

सभी वीर पुरुषों ने यही किया है। शिवाजी को जिंदा या मुरदा दरबार में लाने की प्रतिज्ञा लेकर निकले अफजलखान ने बिना किसी कारण के तुलजापुर और पंढरपुर के मंदिरों को नष्ट कर दिया था। उसकी यह रणनीति थी कि शिवाजी खिसियाकर मैदान में आए। पर शिवाजी की रणनीति रही कि अफजलखान को जावली के जंगलों में खींच लाया जाए। अंततः शिवाजी की रणनीति और रणकौशल सफल हुआ। अफजलखान प्रतापगढ़ पहुँचा और शिवाजी ने उसे यम सदन भेजकर विजय प्राप्त की। शिवाजी की इस रणनीति को 'कपट नीति' कहनेवाले पुस्तक-पंडितों को 'विजय' का महत्त्व ही नहीं मालूम! राजपूतों और सिखों का हौतात्म्य अत्यंत गौरवशाली है, उनका पराक्रम भी अतुलनीय है; परंतु इस बलिदान को, पराक्रम को, विजय का जो फल मिलना चाहिए, वह संभव नहीं हुआ। सचमुच यह दुर्भाग्य की बात है। हमारी संस्कृति में विजय की ही पूजा होती है।

स्वप्न में दिया वचन पूर्ण करनेवाला राजा हरिश्चंद्र, शरण में आए कबूतर को अपने शरीर का मांस देनेवाला शिवि, देवताओं की विजय के लिए अपनी अस्थि देनेवाला दधीच, हृदय से पति माने व्यक्ति का एक वर्ष के बाद होनेवाले निधन को जानते हुए भी उससे ही विवाह करनेवाली और साक्षात् यम से विवाद करनेवाली सावित्री, सारी संपत्ति ठुकराकर आत्मज्ञान के मार्ग

का अनुसरण करनेवाली मैत्रेयी, पिता की आज्ञा को शिरोधार्य कर राजपद का त्याग करनेवाले श्रीराम, असली उत्तराधिकारी के वनों में रहने तक वल्कल वस्त्र धारण करते हुए घास-फूस की शय्या पर सोनेवाले भरत, स्वतंत्रता के लिए भटकते फिरते राणा प्रताप, राजपुत्र के लिए अपने पुत्र का बलिदान देनेवाली पन्ना धाय, राजा द्वारा, अन्यायपूर्वक, पिता को हाथी के पैरों तले कुचलवाने के बाद भी अपनी सारी जागीर राजा के लिए दान करनेवाला खंडो बल्लाल, स्वतंत्रता के लिए फाँसी के फंदे को गलहार समझकर उसे चूमनेवाले हमारे स्वतंत्रता सेनानी, क्रांतिकारी—ये सभी हमारे आदर्श हैं। सत्य, शील, स्वामिनिष्ठा, धर्मनिष्ठा, त्याग, बलिदान, विजय आदि मूल्यों को प्रतिष्ठापित करने के लिए जिन व्यक्तियों ने त्याग किया, वे सब हमारे आदर्श हैं। इन सारे आदर्शों ने जिन मूल्यों की स्थापना की उन मूल्यों की रचना, यानी संस्कृति। संस्कृति और कुछ नहीं होती। संस्कृति माने जीवन-मूल्यों की मालिका। जिनके लिए हमें जीवित रहने में आनंद हो और मृत्यु में भी गौरव मिले, ऐसे मूल्यों की परंपरा ही संस्कृति होती है। इन मूल्यों की रक्षा का अर्थ ही संस्कृति की रक्षा करना होता है। ऐसे मूल्यों की परंपरा ही संस्कृति का द्योतक है। समय के साथ अनेक परिवर्तन होते हैं। पोशाकों में बदलाव आएगा, घरों की रचना में परिवर्तन होगा, खान-पान के तरीके भी बदलेंगे; परंतु जीवन-मूल्य तथा आदर्श जब तक कायम रहेंगे तब तक संस्कृति भी कायम रहेगी। यही संस्कृति राष्ट्रीयता का आधार होती है। राष्ट्रीयता का पोषण यानी संस्कृति का पोषण होता है—इसे ही 'सांस्कृतिक राष्ट्रवाद' कहा जाता है।

टिप्पणी

१. परद्रव्येषु लोष्ठवत्।

२. मातृवत् परदारेषु।

३. जानामि धर्मं न च मे प्रवृत्तिः जानाम्यधर्मं न च मे निवृत्तिः।

४. अहं राघव कैकेय्या वरदानेन मोहितः।
अयोध्यायां त्वमेवाद्य भव राजा निगृह्य माम्॥
(वाल्मीकि रामायण, अयोध्याकांड, ३४।२६)

५. रामो द्विर्नाभिभाषते। (वाल्मीकि रामायण, अयोध्याकांड, १८।३०)

६. स पादुके सम्प्रणम्य रामं वचनमब्रवीत्।

चतुर्दश हि वर्षाणि जटाचीरधरो ह्यहम्॥
फलमूलाशनो वीर भवेयं रघुनन्दन।
तवागमनमाकाङ्क्षन् वसन् वै नगराद् बहिः॥
तव पादुकयोर्न्यस्य राज्यतन्त्रं परंतप।
चतुर्दशे हि सम्पूर्णे वर्षेऽहनि रघूत्तम॥
न द्रक्ष्यामि यदि त्वां तु प्रवेक्ष्यामि हुताशनम्।

(वाल्मीकि रामायण, अयोध्याकांड, ११२। २३-२६)

७. जनस्य साकेतनिवासिनस्तौ द्वावप्यभूतामभिनन्द्यसत्त्वौ।
गुरुप्रदेयाधिकनिःस्पृहोऽर्थी नृपोऽर्थिकामादधिकप्रदश्च॥ (रघुवंश, सर्ग ५, श्लोक ३१)

८. मुहूर्तं क्षम पाण्डव। महाभारत, कर्णपर्व, अध्याय ९०, श्लोक १०८-१६ पठनीय हैं।

९. देखिए महाभारत, कर्णपर्व, अध्याय ९१, श्लोक १-१४।

□

संस्कृति की रचना करनेवाला हमारा प्राचीन साहित्य

परिशिष्ट-१

वेद साहित्य

वेद हमारी संस्कृति के आधारभूत एवं अत्यंत प्राचीन साहित्य हैं। वेदों को विश्व का सबसे पुराना साहित्य कहा जा सकता है। इन वेदों का निर्माण कब हुआ—यह कोई नहीं बता सकता। वेद यानी ज्ञान, और ज्ञान का निर्माण कब हुआ—यह कैसे बताया जा सकता है। फिर भी वेद शब्दबद्ध ज्ञान है और इस शब्द का किसी ने अवश्य उच्चार किया ही होगा। जिसने इसे उच्चारा वह ऋषि ज्ञान का कर्ता नहीं, केवल द्रष्टा ही है। न्यूटन ने गुरुत्वाकर्षण के सिद्धांत का पता लगाया, पर उसे इस सिद्धांत का 'कर्ता' तो नहीं कह सकते। उसने 'गुरुत्वाकर्षण' का निर्माण थोड़े ही किया। उसे हम केवल 'द्रष्टा' कह सकते हैं। अंग्रेजी भाषा में इसके लिए सर्वथा उपयुक्त शब्द है—'डिस्कवरी', अर्थात् जिसपर आवरण था, 'कवर' था, उसे न्यूटन ने दूर किया। जो ढका हुआ था उसे खुला कर दिया; जो आवृत था उसे अनावृत कर दिया। 'वेद' भी ऐसा ही शब्द है, जो ऋषियों की वाणी से प्रकट हुआ। ऋषिगण उस ज्ञान के कर्ता नहीं थे, केवल द्रष्टा थे, देखनेवाले थे। इसी कारण वेदों को 'अपौरुषेय' कहा जाता है। उन्हें परमेश्वर के निःश्वसित माना जाता है।

वेद के शब्दों को 'मंत्र' कहा जाता है। अध्ययन, मनन, चिंतन और स्फूर्ति से प्रकट होनेवाले शब्द मंत्र रूप होते हैं। मंत्रशास्त्र के जानकारों का कहना है कि मंत्रों में अर्थ होना जरूरी नहीं है, केवल उसके उच्चारण या पाठ में शक्ति होती है। सा रे ग म प ध नि—ये सात स्वर हैं। इनमें कहाँ अर्थ समाविष्ट है? पर इन सात स्वरों के आरोह-अवरोहों से पं. ओंकारनाथ ठाकुर या पं. भीमसेन

जोशी परिणामकारक संगीत का निर्माण तो करते हैं न। कभी वे कोई चीज गाते हैं, जिसके शब्द हैं—'नीर भरन गई।' अब इन शब्दों का अर्थ भी हो सकता है; किंतु अर्थ का उतना महत्त्व नहीं है जितना उनके गले से निकले मधुर तानों और आरोह-अवरोहों का है, जिसे सुनकर श्रोता मंत्रमुग्ध हो जाते हैं। वेद मंत्रों का भी यही हाल है—मंत्रशास्त्रज्ञों का यही कहना है।

वेदमंत्रों का अर्थ लगाया जाए या नहीं, इस विषय पर प्राचीन काल से वाद-विवाद होता रहा है। यास्काचार्य ने अपने निरुक्त में इस चर्चा का निर्देश किया है[१] और उसके साथ अपना मत भी प्रदर्शित किया है। उनका कहना है—मंत्रों का अर्थ लगाना ही चाहिए। उनका निरुक्त वेदों में दिए शब्दों का अर्थ बतानेवाला सबसे प्राचीन ग्रंथ है।

वेदों का 'अपौरुषेयत्व' मान्य हो या न हो, परंतु भारत में स्थापित सभी संप्रदायों में वेदों को पूज्य माना गया है। बौद्ध और जैन—ये अवैदिक संप्रदाय समझे जाते हैं, फिर भी उनमें वेदाध्ययन का महत्त्व है ही। चीन और जापान के बौद्ध पंडित भी उनके धर्म का रहस्य समझने के लिए वेदों का अध्ययन आवश्यक मानते हैं। जिस प्रकार पाश्चात्य देशों में ख्रिस्तियों को 'पुरानी वसीयत' (old testament) समझे बगैर नई वसीयत (New Testament) समझ पाना कठिन होता है, उसी प्रकार वेदकालीन धर्म और वेदों में वर्णित तत्त्वों को समझे-बूझे बगैर, किन परिस्थितियों में इन नए मतों व धर्म का उदय हुआ—यह समझना भी असंभव है।[२]

ऋषियों के मुखों से जो मंत्र प्रस्फुटित हुए उनके संग्रहों को 'संहिता' कहा जाता है। 'संहिता' का अर्थ 'संग्रह' होता है। ऐसा माना जाता है कि महर्षि व्यास ने यह संग्रह किया है। किसी भी संग्रह में समाविष्ट बातें एक ही कालखंड की हों—यह आवश्यक नहीं है। मराठी कविताओं का संग्रह यदि किया गया तो ज्ञानेश्वर से लेकर वर्तमान कुसुमाग्रज की सभी कविताओं का समावेश उसमें होगा; परंतु इसका अर्थ यही नहीं होता कि वे समकालीन हैं। वेद संहिताओं में समाविष्ट मंत्र भी समकालीन न होकर अलग-अलग काल के होते हैं।

हर एक ऋषि को सूझे और उनके मुख से प्रस्फुटित मंत्र के समूह को 'सूक्त' कहा जाता है और हर सूक्त के छंदोबद्ध शब्दों को 'ऋचा' कहा जाता

है। ये संहिता चार हैं—

१. ऋग्वेद संहिता
२. यजुर्वेद संहिता
३. सामवेद संहिता
४. अथर्ववेद संहिता।

यह संहितीकरण कब हुआ, यह भी कोई व्यक्ति ठीक से बता नहीं पाएगा। प्रो. मैक्समूलर ने संहिता का समय ईस्वी सन् पंद्रह सौ वर्ष पूर्व बताया है। मैक्समूलर तो ऐसा कहेंगे ही, वे ख्रिस्ती धर्मोपदेशक जो थे। बाइबल में तो इस विश्व का निर्माण काल ईस्वी सन् चार हजार वर्ष पूर्व बताया गया है। यदि सृष्टि का निर्माण ही आज से छह हजार वर्ष पूर्व हुआ होगा तो उसके पहले मनुष्य का जन्म कहाँ से हुआ होगा और ज्ञान का शब्दबद्ध संग्रह कैसे हुआ होगा तथा उसी के अनुरूप सारा साहित्य, ज्ञान कहाँ से एकत्र हुआ होगा? किंतु अब विज्ञान ने ही सिद्ध कर दिया है कि बाइबल में बताई जानकारी सरासर गलत है, झूठ है। विज्ञान द्वारा यह सिद्ध करने से पूर्व प्रो. जाकोबी और लोकमान्य तिलक ने वेद संहिता का समय ईस्वी सन् सात हजार वर्ष पूर्व बता दिया था।

तात्पर्य यह कि वेद साहित्य अत्यंत प्राचीन है। इस वेद साहित्य के तीन वर्ग हैं। इसे इस प्रकार भी कहा जा सकता है कि हम जिसे 'वेद' या 'वेद साहित्य' कहते हैं, उसमें तीन प्रकार के ग्रंथों का समावेश होता है—

१. संहिता
२. ब्राह्मण
३. उपनिषद्।

ऋग्वेद संहिता

'ऋग्वेद' यानी 'ऋचाओं का वेद'। ऋषि अनेक होते थे, उनकी ऋचाएँ भी अनेक थीं, लेकिन आज केवल एकमात्र संहिता उपलब्ध है, जिसे 'शाकल संहिता' कहा जाता है। इस संहिता में १०२८ सूक्त हैं, जो दस मंडलों में विभक्त हैं। प्रत्येक सूक्त के प्रारंभ में मंत्रद्रष्टा ऋषि का नाम और मंत्र का छंद बताया गया है।

विद्यमान 'ऋग्वेद संहिता' में देवताओं के स्तोत्र अधिक संख्या में हैं। देवताओं—इंद्र, वरुण और अग्नि—के स्तोत्र ज्यादा हैं। इन सूक्तों को पढ़ने और उनका अर्थ समझने से यह प्रतीत होता है कि इंद्र वेदकालीन लोगों के राष्ट्र देवता थे।

दूसरे प्रधान देवता हैं वरुण। व्यक्तियों को नैतिक व्यवहार की प्रेरणा देनेवाले। जो व्यक्ति अनीति के मार्ग पर चलते हैं, उन्हें दंड देने का काम यही देवता करते हैं। काव्यात्मक दृष्टि से वरुण देव की स्तुति के सूक्त बड़े रसपूर्ण हैं। 'ऋग्वेद' के पंचम मंडल का पचासीवाँ सूक्त तो रसीले ललित काव्य का उत्कृष्ट नमूना है। उसकी कुछ ऋचाओं का इस प्रकार अर्थ है। इसका रसास्वादन करें—

१. सम्राट् समझा जानेवाला सर्वश्रुत वरुण और उसके प्रिय बृहत् स्तोत्र का गान करो। कसाई जिस प्रकार चमड़ा फैलाए रखता है उसी प्रकार सूर्य के लिए अंतरिक्ष फैलाकर रखा है।

२. इस वरुण ने जंगलों के ऊपर अंतरिक्ष फैलाए रखा है। उसने घोड़ों में शक्ति, गौओं में दूध, हृदय में संकल्प, जल में अग्नि, अंतरिक्ष में सूर्य और पर्वतों के ऊपर सोम स्थापित किया है।

३. उसने पृथ्वी और अंतरिक्ष के हितार्थ बादलों को सम्मुख किया है। किसान जिस प्रकार गेहूँ बोता है उसी प्रकार वरुण उन बादलों द्वारा पृथ्वी को नहलाता है।

'ऋग्वेद' में तीसरे प्रमुख देवता अग्नि हैं। 'शाकल संहिता' का प्रारंभ ही अग्निसूक्त[३] द्वारा हुआ है। अग्नि मनुष्य का परम मित्र है और उसे मनुष्य तथा देवता के बीच मध्यस्थ के रूप में देखा गया है। अग्नि गृहस्थों का गृह देवता होता है और उसे बार-बार 'गृहपति' के नाम से उद्धृत किया गया है। अग्नि प्रत्येक घर में अतिथि होती है और वह स्वयं अमर होती है। वह इस मृत्युलोक में निवास करती है और घर-घर की संपदा में वृद्धि करती है। उसकी यह महत्ता अनेक सूक्तों द्वारा वर्णित की गई है।

वैदिक ऋषियों की उत्कट प्रतिभा, उनकी कल्पना शक्ति की उड़ान और उच्चता बतानेवाले कुछ सूक्त इस प्राचीन ग्रंथ में उपलब्ध हैं। इसमें 'नासदीय' सूक्त तो विश्वविख्यात है। विश्व की उत्पत्ति कैसे हुई, इस बारे में

आज के वैज्ञानिकों द्वारा चर्चा होती रहती है। 'नासदीय' सूक्त बतानेवाला ऋषि भी यह प्रश्न उपस्थित करता है। उसका कहना है, उस समय सत् भी नहीं था, असत् भी नहीं था। न रज थी, न आकाश था। आकाश के आगे, उसके बाद भी कुछ नहीं था। ऐसी स्थिति में किस चीज का किस पर आवरण चढ़ाया जाए और वह भी किस स्थान पर, किसके हित के लिए! उस समय तो मृत्यु नहीं थी, न अमरत्व ही था। दिन-रात का कोई ज्ञान नहीं था। उस समय ब्रह्म माया से एकरूप होकर, वायु न रहते हुए भी कार्यशील था। अन्य कुछ और था ही नहीं।'

अनेक पौराणिक कथाओं का उद्गम भी हमें 'ऋग्वेद' में मिलेगा।

यजुर्वेद संहिता

यजुओं का वेद यानी 'यजुर्वेद'। ऐसा लगता है मानो यज्ञ-कर्म की दृष्टि से ही इसकी ऋचाएँ बनी हैं। उस काल में न लेखन सामग्री थी और न मुद्रण कला ही, अत: सारा ज्ञान कंठस्थ करना पड़ता था। भोजपत्रों पर लिखाई का ज्ञान अवगत था, परंतु ऐसा ग्रंथ एक-आध ही मिलेगा, शेष सब कंठस्थ ही करना पड़ता था। इसके लिए ऋषियों ने एक उपाय भी किया। उन्होंने सारे वेदमंत्रों का संबंध यज्ञ-कर्म से जोड़ दिया। हजारों वर्षों के कालखंड में यह संबंध इतना ठोस और पक्का हो गया कि लोग यही समझने लगे कि वेद यज्ञों के लिए ही हैं।

यज्ञ के लिए चार ऋत्विजों की अर्थात् पुरोहितों की आवश्यकता होती है। एक पुरोहित देवता का आवाहन करता है, जिसे 'होता' कहते हैं। देवता का आवाहन 'ऋग्वेद' के मंत्रों से ही होना चाहिए, यह नियम बना दिया गया। इसीलिए होता का 'ऋग्वेदी' होना जरूरी हो गया।

सामवेद संहिता

देवता को निमंत्रित किया तो उनकी स्तुति करनी ही पड़ेगी। इसलिए स्तवन करनेवाले पुरोहित को 'उद्गाता' कहा जाता था, और उद्गान 'सामवेद' के मंत्रों से होता था। इस तरह उद्गाता 'सामवेदी' हो गया। 'सामवेद' की भी अनेक संहिताएँ थीं। आज केवल एकमात्र संहिता उपलब्ध है। इसकी अधिकतर

ऋचाएँ 'ऋग्वेद' की ही हैं। कुल पंद्रह सौ उनचास ऋचाओं में से केवल पचहत्तर ऋचाएँ 'ऋक् संहिता' में उपलब्ध नहीं हैं। 'सामवेद' की ऋचाओं को गाना पड़ता है। अर्थात् 'सामवेद' मानव जाति के लिए गायन-संगीत कला का मूल वेद है।

यज्ञ में आहुति डालने का काम जिस पुरोहित द्वारा किया जाता है, उसे 'अध्वर्यु' कहा जाता है। यज्ञ में आहुति डालना यज्ञ विधि का बड़ा महत्त्वपूर्ण भाग होता है। संभवतः इसीलिए हमारी भाषा में 'अध्वर्यु' का अर्थ 'नेता' या 'अग्रणी' लगाया जाता है। आहुति देते समय 'यजुर्वेद' के मंत्र लेने पड़ते हैं। इसलिए यह 'अध्वर्यु' 'यजुर्वेदी' ही होता है। 'यजुस्' अर्थात् आहुति के मंत्र और इन मंत्रों का संग्रह ही 'यजुर्वेद' है।

अथर्ववेद संहिता

यज्ञ एक दीर्घकालीन प्रक्रिया है। अतः यज्ञ की सामग्री, उसकी उचित सुरक्षा, पुरोहितों की व्यवस्था—ये सब काम एक के बाद एक करने ही पड़ते हैं। इन सब कार्यों को करनेवाले पुरोहित को 'ब्रह्मा' कहते हैं। ब्रह्मा को तीनों वेदों का सामान्य ज्ञान होना आवश्यक है। इसमें 'अथर्ववेद' का यथोचित ज्ञान होना जरूरी है। इस वेद में ऐसे मंत्र हैं, जिनसे रोग, बीमारियाँ तो दूर होती ही हैं, आधिदैविक संकट भी भागते हैं।

वेद मंत्रों का उच्चारण करने की खास पद्धति होती है, वह आघातयुक्त (स्वर विशेष पर जोर देकर उच्चार) है। इन आघातों को 'स्वर' कहा जाता है। उदात्त, अनुदात्त एवं स्वरित—ये तीन स्वर होते हैं। आज की बोलचाल की भाषा में इसे 'Accent' (अर्थात् शब्द विशेष पर जोर, आघात) कहते हैं। इन आघातों से वेद मंत्रों की शुद्धता हजारों वर्षों से टिकी हुई है। एक ही मंत्र अनेक प्रकार से कहा जा सकता है, परंतु हर बार उसके आघातों में अंतर होता है। संहिता, पद, क्रम, जटा, घन—ऐसी अनेक पद्धतियाँ हैं।[४] इनका शास्त्रीय नाम 'विकृति' है। इन सभी विकृतियों द्वारा ये मंत्र पढ़े जा सकते हैं। जो पुरोहित इन विकृतियों से मंत्र-पाठ कर सकता है उसे 'घनपाठी' कहते हैं। किसी भी प्रकार के धन लाभ की अपेक्षा नहीं करते हुए इन विकृतियों के माध्यम से वेद-पठन की शुद्धता कायम रखनेवाले ब्राह्मणों की प्रशंसा ही

करनी चाहिए। इसी कारण हजारों वर्षों पूर्व जिस प्रकार वेद मंत्र पढ़े जाते थे वैसे ही आज भी पढ़े जाते हैं। वेदों में कोई प्रक्षेप (ऊपर से कुछ भी जोड़ना या मिलाना) नहीं हुआ है। वेदों के सहस्रों वर्षों बाद के 'रामायण', 'महाभारत' आदि ग्रंथों में 'प्रक्षिप्त' भाग (बाद में मिलाया हुआ या जोड़ा हुआ भाग) है, परंतु वेदों में ऐसा कोई प्रक्षेप नहीं है।

ब्राह्मण

'ब्राह्मण' एक ग्रंथ का नाम है, किसी जाति का नहीं। यहाँ 'ब्राह्मण' शब्द का अर्थ है यज्ञकर्म में किए जानेवाले 'विविध विषयों का विवेचन'। ब्राह्मण ग्रंथ में यज्ञकर्म के अतिरिक्त अनेक बातों की जानकारी भी दी गई है, जो आनुषंगिक है।

प्रत्येक वेद के अलग-अलग ब्राह्मण हैं। उनमें से कुछ प्रमुख हैं—

(अ) ऐतरेय ब्राह्मण—इतरा नामक स्त्री से उत्पन्न बालक 'ऐतरेय' कहलाया। जैसे गंगा का पुत्र गांगेय या राधा का पुत्र राधेय। इतरा के पुत्र का नाम महीदास था। इसी महीदास ऐतरेय ने इस 'ब्राह्मण' की रचना की। अत: इसे 'ऐतरेय ब्राह्मण' कहा जाता है। इस ब्राह्मण ग्रंथ में सोमयाग, अग्निहोत्र तथा राजसूय यज्ञ का वर्णन है।

(आ) कौषीतकी ब्राह्मण—इसे 'शांखायन ब्राह्मण' भी कहते हैं। यह भी 'ऋग्वेद का ब्राह्मण' है। इसमें अग्न्याधान, अग्निहोत्र, ऋतुयान आदि का वर्णन है।

(इ) पंचविंश ब्राह्मण—यह 'सामवेद' का ब्राह्मण है। इसमें पच्चीस अध्याय हैं। इसीलिए इसे 'पंचविंश ब्राह्मण' कहा जाता है। इसको 'तांड्य ब्राह्मण' के नाम से भी जाना जाता है। इसकी विशेषता यह है कि इसमें व्रात्य यज्ञ-स्तोम का वर्णन है। पतितों को पवित्र कर देनेवाला यह कर्मकांड है।

(ई) शतपथ ब्राह्मण—सभी ब्राह्मण ग्रंथों में शतपथ की महिमा ज्यादा है। इसके सौ अध्याय हैं। इसीलिए इसका नाम 'शतपथ ब्राह्मण' पड़ा है। यह 'शुक्ल यजुर्वेद' का ब्राह्मण है।

विभिन्न वेदों के ब्राह्मणों में यदि अंतर पहचानना हो तो यह कहा जा सकता है कि 'ऋग्वेद' के ब्राह्मण ग्रंथों में यज्ञविधि का विवेचन करते समय

‘होता’ द्वारा अर्थात् ऋग्वेद की ‘ऋचाएँ’ पढ़नेवाले द्वारा जो विधि करनी है, उसका संपूर्ण वर्णन उन ब्राह्मणों में दिया गया है। ‘सामवेद’ के ब्राह्मण में सामवेद गायक द्वारा जो कर्तव्य कर्म करने हैं—उनकी जानकारी दी गई है। इसी प्रकार यजुर्वेद ब्राह्मण में अध्वर्यु द्वारा जो काम करने हैं, उनकी संपूर्ण जानकारी सिलसिलेवार दी गई है।[५]

उपनिषद्

‘उपनिषद्’ का अर्थ होता है गुरु के पास बैठकर प्राप्त किया हुआ ज्ञान। उप+नि+सद् (अर्थात् पास बैठना) धातु के योग से ‘उपनिषद्’ शब्द बना है। ब्राह्मण ग्रंथ कर्मकांड का वर्णन करनेवाले हैं, परंतु उपनिषदों में ज्ञान का भंडार है। नासदीय सूक्त से हमें पता चलता है कि प्राचीन मनीषियों को विश्व की उत्पत्ति के विषय में कितना कुतूहल था। उपनिषदों में नासदीय सूक्त के विचारों को आगे बढ़ाया गया है। विश्व की उत्पत्ति, जन्म-मृत्यु का रहस्य, आत्मतत्त्व का चिंतन आदि मूलगामी विचारों और विषयों की चर्चा इन उपनिषदों का पठन करने से मिलती है। अनेक पाश्चात्य विद्वानों को इन उपनिषदों ने तो मानो पागल बना दिया है। आगे चलकर स्थिर हुए वेदांत दर्शन की नींव हमें इन्हीं उपनिषदों में मिलती है। उपनिषदों की शैली बड़ी आकर्षक है। अति गहन और जटिल सिद्धांतों का सरल भाषा में सटीक विवेचन इन ग्रंथों में मिलता है। वास्तव में अभिव्यक्ति की यह प्रभावी शैली उपनिषत् कालीन ऋषि-मुनियों से सीखने योग्य है।

जैसे-जैसे समय बीतता गया, उपनिषदों को ईश्वर के बारे में ज्ञान देनेवाले रहस्यमय ग्रंथ के रूप में देखा जाने लगा। वास्तव में यह गलत था। उपनिषदों में आत्मस्वरूप का चिंतन प्रमुख आधारभूत विषय है। आत्मा का अमरत्व, आत्मा का सर्वव्यापित्य तथा आत्मा का सर्वकेंद्रितत्व स्थापित करने का काम इन उपनिषदों द्वारा किया गया है। इसी सिलसिले में जीवात्मा और परमात्मा का संबंध, आत्मा और विश्व तथा आत्मा और प्राण के संबंध का विवेचन भी उपनिषदों में किया गया है। इसी संदर्भ में विश्व की उत्पत्ति और उसकी विविधता की मीमांसा भी इन्हीं ग्रंथों में की गई है। प्रत्येक उपनिषद् का विषय और उसकी कथाएँ भी अलग-अलग हैं। उनकी रचना भी पृथक्-

पृथक् है। परंतु इन सभी उपनिषदों में एक ही विषय केंद्रीभूत है, वह है आत्मतत्त्व संबंधी चिंतन, जो इतना गहरा और मूलगामी है कि विश्व के किसी भी देश के साहित्य में इसकी बराबरी नहीं है।

उपनिषदों की संख्या बहुत है। श्री ग.शं. साधले द्वारा लिखित 'उपनिषद् वाक्य महाकोश' में दो सौ उनतालीस उपनिषदों के वाक्यों को उद्धृत किया गया है, परंतु उपनिषदों की संख्या एक सौ आठ होने की परंपरागत समझ है। ये सारे उपनिषद् वेद संहिता की किसी-न-किसी शाखा से संलग्न हैं। 'ऋग्वेद' के दस उपनिषद् बताए गए हैं। 'शुक्ल यजुर्वेद' के उन्नीस तथा 'कृष्ण यजुर्वेद' के बत्तीस उपनिषद् हैं। 'सामवेद' के उपनिषदों की संख्या सोलह और 'अथर्ववेद' के उपनिषदों की संख्या इकतीस बताई गई है। इनमें से केवल तेरह उपनिषदों को ही महत्त्वपूर्ण समझा जाता है। श्रीमद् आद्यशंकराचार्य का भाष्य भी इन तेरह उपनिषदों पर उपलब्ध है। इन तेरह उपनिषदों के नाम इस प्रकार हैं—(कोष्ठक में वेदों के जो नाम दिए गए हैं, जिनका संबंध उस उपनिषद् से है)

१. ईश (शुक्ल यजुर्वेद), २. केन (सामवेद), ३. कठ (कृष्ण यजुर्वेद), ४. प्रश्न (अथर्ववेद), ५. मुंडक (अथर्ववेद), ६. मांडूक्य (अथर्ववेद), ७. तैत्तिरीय (कृष्ण यजुर्वेद), ८. ऐतरेय (ऋग्वेद), ९. छांदोग्य (सामवेद), १०. बृहदारण्यक (शुक्ल यजुर्वेद), ११. श्वेताश्वतर (कृष्ण यजुर्वेद), १२. कौषीतिकी (ऋग्वेद) तथा १३. मैत्रायणी (सामवेद)।[६]

इन सभी उपनिषदों में 'ईशोपनिषद्' सबसे छोटा तथा 'बृहदारण्यक' सबसे बड़ा है।

सर्वसाधारण मान्यता यही है कि वेद संहिता में दिए सूक्त, निसर्ग शक्ति की स्तुति करनेवाले स्तोत्र ही हैं; परंतु आधुनिक अभ्यासकों ने इस धारणा को निरस्त किया है। योगी अरविंद इन नए विचारकों के अग्रणी हैं। इनके अनुसार, 'ऋग्वेद' में वर्णित देवता अपने अंत:करण में व्याप्त वृत्तियों के द्योतक हैं। वेदों में वर्णित अग्नि—चिदग्नि—अर्थात् चेतना की अग्नि है। वेदों में वर्णित 'सोम' का अर्थ शुद्ध, आनंद और इंद्र यानी सर्वोच्च पुरुष अथवा सत्य है। इस नए ज्ञान की मान्यता है कि विश्व के अंदर और बाहर विभिन्न स्तरों पर इन तत्त्वों का जो नया-नया रूप या आविष्करण होता है,

उसका ही प्रतिबिंब इन वेदों में पड़ा हुआ है।[७]

वेद साहित्य के आधुनिक अमेरिकी चिंतक डेविड फ्राले का कहना है कि वेदों की विभिन्न संहिताएँ अलग-अलग योग मार्गों का निदर्शन करती हैं। उन्होंने लिखा है—'ऋग्वेद' मंत्रयोग का मार्ग बताता है तो 'यजुर्वेद' प्राणयोग का। ध्यानयोग के मार्ग का निदर्शन 'सामवेद' द्वारा होता है। ये तीनों वेद मनुष्य प्रकृति के वाक्, प्राण और मनस्—इन तीन अंगों से उसी प्रकार जुड़े हुए हैं जिस प्रकार जागृति, स्वप्न और सुषुप्ति—इन तीन अवस्थाओं से जुड़े हुए हैं। बाह्य रूप से पृथ्वी, वातावरण और स्वर्ग—इन तीनों लोकों से उसका संबंध है।[८]

श्री फ्रॉले के विचारों से सभी की सहमति तो असंभव है, फिर भी गहन विचार और चिंतन के बाद यह तो सिद्ध होता ही है कि उपनिषदों का संबंध किसी-न-किसी वेद संहिता से होने के कारण वेद मंत्रों में अति उच्च ज्ञान के बीज निहित हैं। अनेक विज्ञानियों को तो वेदों में विज्ञान के गहरे, मूलगामी तत्त्वों का दर्शन हुआ है। इसी संदर्भ में डेविड फ्रॉले ने अमेरिका में बसे सुभाष काक नामक वैज्ञानिक की गवाही देते हुए लिखा है—'वेदों में विज्ञान के अस्तित्व के संदर्भ में श्री काक का योगदान अतुलनीय है। उन्होंने (श्री काक ने) बताया है कि प्राचीन काल में गणित, विज्ञान और ज्योतिर्विज्ञान में कितना सूक्ष्म अध्ययन हुआ है, इसका प्रमाण 'शतपथ ब्राह्मण' से भलीभाँति मिलता है। 'ऋग्वेद' की संहितीकरण में अंकों का जो रहस्य छिपा हुआ है, उसे उन्होंने उजागर किया है...आधुनिक पदार्थ विज्ञान शास्त्र और मज्जा विज्ञान में हुए अत्याधुनिक खोज का संबंध उन्होंने वैदिक तथा वेदांतिक अवधारणाओं से जोड़ा है।[९]

हमें तो यही समझना चाहिए कि वेद मंत्रों को अक्षुण्ण रखने के उद्देश्य से ही उन वेद मंत्रों का संबंध यज्ञयाग में दिए कर्मकांड से जोड़ा गया है, वास्तव में वेद मंत्र कर्मकांड नहीं है।

वेद संहिता में दिए मंत्र, ब्राह्मण ग्रंथों में वर्णित कर्मकांड और उपनिषदों में दिए तत्त्वज्ञान के समुच्चय पर ही हमारी संस्कृति की नींव रखी गई है। पुराणों, रामायण तथा महाभारत जैसे ऐतिहासिक काव्यों ने इस नींव पर संस्कृति की भव्य इमारत खड़ी की है। बीतते समय के अनुसार उनमें परिवर्तन होना तो

अपरिहार्य है और हमने वैसे परिवर्तन किए भी हैं, तभी हमारी संस्कृति आज जीवित है, विद्यमान है। यदि किसी बिंदु पर वह ठहर जाती तो संभवत: वहीं समाप्त हो जाती। सभी प्रकार की नवीनता की उचित समीक्षा कर जितना ग्राह्य हो, उसे स्वीकार करते हुए, परंतु साथ ही पुरातन का संबंध नवीनता से जोड़ते हुए उसका उचित सामंजस्य करते हुए हमारी संस्कृति बढ़ती रही है। इसीलिए इस संस्कृति को 'सनातन' कहा जाता है। 'सनातन' का अर्थ 'पुराना' नहीं होता। जो सदैव रहता है वही 'सनातन' है। उसमें जितनी पुरातनता है उतनी नवीनता भी है। सनातन का संबंध भूत, वर्तमान और भविष्य तीनों कालों से होता है। वेद साहित्य से हमें हमारी प्राचीनता का ज्ञान होता है। विश्व के अन्य क्षेत्र की मानव जाति जिस समय अज्ञान के अंधकार में डूबी हुई थी उस समय कम-से-कम दस हजार वर्ष पूर्व हमारे पूर्वज कितने अद्‌भुत और महान् विषयों पर चिंतन-मनन करते थे और कितने शाश्वत स्वरूप के सिद्धांतों का प्रतिपादन करते थे—यह सब इन वेद साहित्य के अध्ययन से स्पष्ट होता है। आज इस सत्य पर यदि हम विचार करें तो हमारे पूर्वजों के प्रति अभिमान और कृतज्ञता से हमारा मस्तक झुके बिना नहीं रहेगा।

टिप्पणी

१. यदि मन्त्रार्थप्रत्ययाय अनर्थकं भवतीति कौत्सः। अनर्थका हि मन्त्राः। (निरुक्त, पंचम पाद)

२. महाराष्ट्रीय ज्ञानकोष, प्रस्तावना खंड, भाग दूसरा, पृ. १।

३. 'अग्निमीळे पुरोहितं यज्ञस्य देवमृत्विजम्। होतारं रत्नधातमम्॥ (यह ऋग्वेद संहिता की पहली ऋचा है।)

४. (क) एक सीधा मंत्र लें—नमश्शिवाय च।'''यह तो सीधा संहितापाठ हुआ। अब

(ख) नमः। शिवाय। च।—यह पद पाठ हुआ।

(ग) नमः शिवाय शिवाय च।—यह क्रम पाठ हुआ।

(घ) नमः शिवाय शिवाय नमो नमः शिवाय शिवाय च च शिवाय च। यह जटा पाठ हुआ।

(ङ) नमः शिवाय शिवाय। नमो नमः शिवाय च च शिवाय नमो नमः शिवाय च। शिवाय च च शिवाय शिवाय च। यह हुआ घनपाठ। प्रत्येक पाठ में उदात्त, अनुदात्त व स्वरित—ये स्वर बदलते रहते हैं। संपूर्ण संहिता घन पाठ में कंठस्थ किए हुए ब्राह्मण आज भी विद्यमान हैं।

५. महाराष्ट्रीय ज्ञानकोष, प्रस्तावना खंड, भाग दूसरा, पृ. १५१।

६. संदर्भ—उपनिषदों का मराठी अनुवाद (प्रथम खंड), डॉ. सिद्धेश्वर शास्त्री चित्राव, प्रस्तावना, पृ. ८ और ९।

७. "Vedic Mantras reflect the unfoldment of these principles on different planes and levels of the Universe, outwardly and inwardly."

(David Frawley, How I became a Hindu, Page 112)

८. The Rigved sets forth a path of 'Mantra yoga' using sound and the divine word to awaken our soul. The Yajurveda sets forth a path of 'Pranayoga' using breath and intention to motivate us inwardly. The Samaved sets forth a path of meditation (dhyana yoga) using a heightened state of feeling and awareness to liberate the mind and heart. These three vedas relate to the three paths of our nature as speech (vak.) prana, and mind (manas) and the three states of consciousness as waking, dream and deep sleep. Outwardly they are the three worlds of 'earth, atmosphere and heaven.'

(David Frawley, 'How I became a Hindu', Page 112)

९. Kak made several brilliant contributions to science in the Vedas, showing the sophistication of mathematics and astronomy that existed at an early era, particularly in the Shatapatha Brahmana. Perhaps most notable is his work unlocking the numerical code behind the organization of Rigveda.

In addition he connected vedic and Vedantic ideas with the latest insights of modern physics and neuro-science.

(David Frawley, 'How I became Hindu', Page 106)

☐

परिशिष्ट-२

जैनियों का प्राचीन साहित्य

जैनियों के प्राचीन धार्मिक साहित्य को 'आगम' या 'सिद्धांत' कहा जाता है। बौद्ध और जैन—ये दोनों अवैदिक संप्रदाय के रूप में जाने जाते हैं। फिर भी इन दोनों धर्मों का आचरणात्मक भाग या ज्ञानात्मक भाग वैदिक संप्रदायों से ज्यादा भिन्न नहीं है। जो थोड़ी-बहुत भिन्नता है, वह केवल कर्मकांडात्मक भाग में है।

यह नहीं कहा जा सकता कि जैनियों का संपूर्ण साहित्य केवल भगवान् महावीर के जीवनकाल में ही निर्मित हुआ। फिर भी वह सारा साहित्य उनके उपदेशों का अनुकरण है—यह मानकर चला जा सकता है।

सिद्धांत ग्रंथों के भागों को 'अंग' कहा जाता है। ऐसे बारह मुख्य अंग हैं—

१. आयारंग सूत्त—सूत्त यानी सूत्र। इस सूत्त में गद्य व पद्य दोनों का मिश्रण है। इसमें मुख्यत: अहिंसा, भूतदया आदि विषयों पर उपदेश हैं। साथ में विभिन्न प्रकार के व्यवहारों के नियम भी दिए गए हैं। उदाहरण के लिए, यह उपदेश देखें—'किसी भी मनुष्य को किसी भी सजीव प्राणी की हत्या नहीं करनी चाहिए। उसे किसी भी प्रकार के अपशब्द भी नहीं कहने चाहिए या उसे किसी भी प्रकार का कष्ट नहीं देना चाहिए। संसार को भलीभाँति समझने-जाननेवाले अतिसूक्ष्म दृष्टि के साधु पुरुषों द्वारा दिए गए धर्म की यह पवित्र, सनातन और बार-बार बताई गई आज्ञा है।'

२. सूयगदांग—जैन सिद्धांत का दूसरा अंग 'सूयगदांग' नाम से जाना

जाता है। जैन मुनियों का पवित्र जीवन क्रम कैसा होना चाहिए, यही इस अंग का विषय है। इसमें दूसरे पक्ष की आलोचना का भी अंश है।

३. ठाणांग—यह तीसरा अंग है, जिसमें धार्मिक विषयों की चर्चा की गई है।

४. समवायांग—ठाणांग अंग के समान इसमें भी धार्मिक विषय हैं। विषयों की संख्या करीब सौ है। अन्य बारह अंगों की भी जानकारी इसमें दी गई है। अत: अनेक विश्लेषक और संशोधक इस अंग को प्राचीन नहीं मानते।

५. भगवती विवाह—इसे 'विवाह पन्नति' भी कहा जाता है। कई बार इसे संक्षिप्त नाम 'भगवती' से भी जाना जाता है। इस ग्रंथ में जैन धर्म के सांप्रदायिक उपदेशों का विस्तृत वर्णन है। कुछ भाग में तो दंतकथाएँ भी हैं। भगवान् महावीर के पूर्व जैन परंपरा के पूर्वजों और पवित्र मुनियों ने बड़ी कठिन तपस्या करके किस प्रकार निर्वाण पद प्राप्त किया, इसकी कथाएँ इस अंग में दी गई हैं।

६. नायाधम्मकहाओ—'नायाधम्मकहाओ' का अर्थ 'ज्ञान-धर्म की कथाएँ' होता है। इस अंग में बड़ी अद्‌भुत कथाएँ हैं, जो इसकी विशेषता कही जा सकती हैं। एक स्त्री तीर्थंकर की कथा भी इसमें सम्मिलित है। एक अध्याय में दोवई (द्रौपदी) की कथा भी है।

७. उवासगदसाओ—जैन सिद्धांत के इस सातवें अंग में उपासकों का धर्म विशद किया गया है। इसके दस अध्याय हैं। हर अध्याय में एक धर्मनिष्ठ व्यापारी की कथा है। इस व्यापारी ने अपने आचरण के लिए कुछ नियम बनाए तथा भगवान् महावीर द्वारा बताए गए व्रतों का भी पालन किया और इस प्रकार वे जैन उपासक बने। सभी कथाओं में कथानक की यही स्वरूप है।

८. अंतगडदसाओ और अणुत्तरोवाइयदसाओ—ये आठवें और नौवें अंग हैं। अंतगडदसाओ में दस अध्याय हैं। अणुत्तरोवाइयदसाओ में केवल तीन अध्याय हैं और हर अध्याय के तैंतीस परिच्छेद हैं। इन सारी कथाओं का सार वैराग्य के लिए उपदेश ही है। 'सारा विश्व एक विशाल अग्नि-ज्वाला का केंद्र-बिंदु है। बुढ़ापा और मृत्यु के इस दावानल में संपूर्ण विश्व झुलसा जा रहा है।' इसी आशय के वर्णन किए गए हैं। नवम अंग में पवित्र मुनियों द्वारा अनशन व्रत की पद्धति से मृत्यु मुख से अंतिम निर्वाण

किस प्रकार प्राप्त किया जाता है—इसकी जानकारी दी गई है। दोनों अंगों में वैराग्य का बड़ा उत्कट वर्णन भी प्रस्तुत किया गया है।

९. पण्हावागरणाहम्—यह दसवें अंग का नाम है। इसमें सर्वसामान्य व्यवहार, धर्माज्ञा और परहेजों के बारे में जानकारी दी गई है।

१०. विवागसूयम—प्रत्येक जीव को अच्छे-बुरे कृत्यों का परिणाम किस प्रकार भोगना पड़ता है, उसके बारे में इस अंग में आख्यायिकाओं के माध्यम से वर्णन किया गया है। प्राणियों द्वारा पिछले जन्म में किए गए किस बुरे कर्म के कारण उसे कष्ट भोगना पड़ा, उसे कितनी निम्न योनि में जन्म लेना पड़ा तथा उसे कितनी नरक यातनाएँ भुगतनी पड़ीं—इन सबका वर्णन भगवान् महावीर के मुख से इस ग्रंथ में बताया गया है।

११. दिट्ठीबाय—यह अंग तो लगभग नष्ट हो गया है। फिर भी अन्य अंगों में इसका उल्लेख मिलता है। अतः इसका अस्तित्व तो मानना ही पड़ेगा।

इन बारह अंगों के अलावा अनेक उपांग भी हैं। कुछ उपांगों में खगोलशास्त्र, भूगोल, सृष्टि की उत्पत्ति, कालगणना आदि विषय भी दिए गए हैं।

इनके अतिरिक्त छह 'छेद सूत्र' भी हैं, जो जैन धर्म के धार्मिक साहित्य का एक महत्त्वपूर्ण अंग समझे जाते हैं। ये सारे सूत्र अर्वाचीन हैं। इसके बावजूद इन्हें काफी महत्त्वपूर्ण माना जाता है। इन छह सूत्रों में से भद्रबाहु (प्राचीन धर्मोपदेशक) का सूत्र सबसे ज्यादा महत्त्वपूर्ण माना जाता है। भगवान् महावीर के पश्चात् भद्रबाहु छठे गुरु थे। इन सूत्रों में महावीर के चरित्र का वर्णन तो हुआ ही है, साथ-साथ महावीर के पूर्व के तीर्थंकरों के चरित्र की भी गाथा दी गई है। पश्चात्ताप और तप के द्वारा पाप से किस प्रकार मुक्ति मिलती है, इसकी कथाएँ भी इसमें दी गई हैं।

इनके सिवाय 'मूल सूत्र' नामक चार धर्मग्रंथ भी उपलब्ध हैं। प्रथम सूत्र में कहा गया है कि मानव जन्म, धर्म-शिक्षा, धर्म-श्रद्धा और आत्मदमन—इन चारों की प्राप्ति के लिए हर प्रकार के दुःख को सहन करने की तैयारी होनी चाहिए। आकर्षक उपमाओं और प्रभावी भाषा के कारण यह ग्रंथ पठनीय हो गया है। स्थान-स्थान पर 'सद्वचन' भी उद्धृत हैं, रूपक कथाएँ

भी हैं। जैन धर्मावलंबियों द्वारा पालन की जानेवाली बातें, जैसे—पाप-निवृत्ति, गुरु के प्रति आदर, प्रायश्चित्त, तप तथा पापों का त्याग का विवेचन दूसरे मूल सूत्र में है। मठों में रहनेवाले जैनियों के जीवन-विषयक जानकारी तथा नियम आदि का वर्णन तीसरे मूल सूत्र में है।

इन सारे धर्मग्रंथों के अलावा पृथक् रूप से धर्मग्रंथ की सर्वाधिक प्रतिष्ठा और मान्यताप्राप्त दो अन्य ग्रंथ हैं, जिन्हें 'नंदी' और 'अणुरोगधार' कहा जाता है। ये दोनों विश्वकोषात्मक ग्रंथ हैं, जिनमें प्रत्येक जैन व्यक्ति के लिए आवश्यक समस्त जानकारियों और सूचनाओं का संग्रह है। इन ग्रंथों में धार्मिक विवेचन के साथ साहित्य क्षेत्र में आवश्यक 'रस' और 'रीति' के विचारों पर भी चर्चा की गई है। यही नहीं, कौटिल्य के अर्थशास्त्र का भी उल्लेख किया गया है।

संक्षिप्त में श्वेतांबरपंथी जैनियों के धर्मग्रंथ एवं धार्मिक साहित्य की यह जानकारी है। दिगंबरपंथी जैन भी बारह अंगों को मानते हैं।

□

बौद्धों के धर्मग्रंथ

परिशिष्ट-३

बौद्धों के धर्मग्रंथ का नाम 'तिपिटक' है। पिटक—यानी पिटारा और ये पिटारे 'तीन' होने के कारण इन्हें 'तिपिटक' या 'त्रिपिटक' कहा गया है। ये तीन पिटक हैं—१. सुत्तपिटक, २. विनयपिटक और ३. अभिधम्मपिटक।

१. सुत्तपिटक—इसके पाँच भाग हैं। प्रत्येक भाग को 'निकाय' कहा जाता है। ये पाँच भाग हैं—(क) दीघ निकाय—इसमें ३४ सुत्त हैं। (ख) मज्झिम निकाय—इसमें १५२ सुत्त हैं। (ग) संयुत्त निकाय—इसमें ५६ संयुत्त हैं। (घ) अनुत्तर निकाय—इसमें ११ निपात हैं और (च) खुद्दक निकाय—इसमें १५ ग्रंथ हैं।

खुद्दक निकाय में जो पंद्रह ग्रंथ हैं, उनमें एक ग्रंथ 'धम्म पद' है। इस ग्रंथ में भगवान् बुद्ध के श्रीमुख से निकले चार सौ तेईस गाथाओं का समावेश है। ये सारी गाथाएँ अलग-अलग समय पर दी गई हैं। विश्व की अनेक भाषाओं में 'धम्म पद' का अनुवाद किया गया है। बौद्ध धर्म का सार इस ग्रंथ में निष्कर्ष रूप में उतरा है। कुछ उदाहरण यहाँ दिए जा रहे हैं—

'सभी धर्मों के अर्थात् कायिक, मानसिक, वाचिक सुख-दुःख के अनुभवों के केंद्रीय स्थान पर मन है। मन सभी कार्यों में प्रमुख है तथा सारे व्यवहार मन के कहे अनुसार ही चलते हैं। जिस प्रकार किसी बैलगाड़ी या घोड़ागाड़ी के चक्के उस वाहक के पीछे चलते रहते हैं, उसी प्रकार किसी व्यक्ति के दूषित मन से बात करने या काम करने से दुःख उसके पीछे-पीछे चलता रहता है।' (यमकवग्गो, गाथा क्र. १)

'सभी धर्मों के विषय में मन प्रथम स्थान पर है। अच्छे मन से काम

करनेवाले व्यक्ति के पीछे सुख परछाईं की भाँति सदैव साथ रहता है।' (यमकवग्गो, गाथा क्र. २)

'फलाँ व्यक्ति ने मुझे गालियाँ दीं। इसने मुझे मारा, उसने मुझे पीटा, उसने मुझे दुःख दिया, यह भाव मन में रखने पर दुश्मनी कभी समाप्त नहीं होती। जो व्यक्ति इन भावों को अपने मन में रखता ही नहीं, उसका बैर हर समय शांत रहता है।' (यमकवग्गो, गाथा क्र. ३ व ४)

'दुश्मनी दुश्मनी से कभी समाप्त नहीं होती, दोस्ती से ही दुश्मनी समाप्त होती है—यही सनातन धर्म है।' (यमकवग्गो, गाथा क्र. ५)

'अच्छी छत न रहने पर जिस प्रकार पानी घर के अंदर घुस जाता है उसी प्रकार संयमहीन मन में गुस्सा प्रवेश करता है।' (यमकवग्गो, गाथा क्र. १३)

'जिस प्रकार एक कुशल कारीगर बाण को सीधा करता है, उसी प्रकार मेधावी पुरुष इस चंचल, चपल और अनिवार मन को सीधे मार्ग पर ले जाता है।' (चित्तवग्गो, गाथा क्र. १)

'हे मनुष्य! यह शरीर तो छाग के समान है, इसे मृगजल की भाँति समझो, इसकी उड़ानों पर नियंत्रण रखो, तुम कभी भी यम की दृष्टि में नहीं पड़ोगे।' (फुफ्फवग्गो, गाथा क्र. ३)

'नींद न आनेवाले व्यक्ति को रात लंबी जान पड़ती है, थके हुए व्यक्ति को एक मील का फासला भी बड़ा लंबा जान पड़ता है। संदर्भ न जाननेवाले व्यक्ति को यह संसार-यात्रा भी लंबी लगती है।' (बलवग्गो, गाथा क्र. १)

'मेरा बेटा, मेरी संपत्ति, मेरा धन—इन सारे विचारों से मनुष्य दुःखी होता है; परंतु जब यह शरीर ही अपना नहीं है तो कौन बेटा, कौन धन अपना है?' (बालवग्गो, गाथा क्र. ३)

'नहर खोदनेवाले जल को प्रवाहित करते हैं, कारीगर बाण को ठीक करता है, बढ़ई लकड़ी को आकार देता है तथा पंडित अपने आपको सुधारता है।' (पंडितवग्गो, गाथा क्र. ५)

'उत्साही बनो, आलसी मत बनो, सुचरित धर्म का आचरण करो। धर्माचारी व्यक्ति इस लोक और परलोक में सुख की नींद सोता है।' (लोकवग्गो, गाथा क्र. ३)

'गुस्से जैसी आग नहीं, द्वेष समान जादू-टोना करनेवाली वस्तु नहीं, मोह जैसा जाल नहीं और हवस जैसी नदी नहीं।' (मलवग्गो, गाथा क्र. १७)

'अच्छा भाषण दे पाने से कोई पंडित नहीं बन जाता। जो क्षमाशील है, निर्भीक है और किसी से बैर नहीं रखता, वही पंडित होता है।' (धम्मट्ठवग्गो, गाथा क्र. ३)

'चमेली की बेल जिस प्रकार सूखे फूलों को टपका देती है, उसी प्रकार हे भिक्खुओ! तुम गुस्से और द्वेष को गिरा दो।' (भिक्खुवग्गो, गाथा क्र. १८)

'जो अपने पाप धो डाले वह ब्राह्मण होता है, समतापूर्वक आचरण करनेवाला व्यक्ति श्रमण (संन्यासी) होता है। जिसने अपने चित्त से सारी गंदगी को दूर कर दिया है, उसे 'प्रव्रजित' कहते हैं।' (ब्राह्मणवग्गो, गाथा क्र. ६)

इन सब गाथाओं को पढ़ते समय ऐसा प्रतीत होता है, मानो हम कोई उपनिषद् ही पढ़ रहे हैं।

२. विनयपिटक—इसके मुख्यत: तीन भाग हैं—(क) सुत्तविभंग—इसके भिक्खुविभंग तथा भिक्खुनीविभंग दो उपविभाग हैं। (ख) खंधक—इसके महावग्ग, चुल्लवग्ग और परिवार—ये तीन उपविभाग हैं।

३. अभिधम्मपिटक—इसके सात ग्रंथ हैं—(क) धम्मसम्मति, (ख) विभंग, (ग) धातुकथा, (घ) पुग्गलपञ्ञत्ति, (च) कथावस्तु (छ) यमक, (ज) पट्ठान।

संपूर्ण त्रिपिटक की रचना एक ही समय में हुई—यह नहीं कहा जा सकता। भगवान् बुद्ध के परिनिर्वाण के बाद कुछ सप्ताहों के अंदर राजगृह (अभी के राजगीर) में बुद्ध के शिष्य एकत्र हुए और उन्होंने धर्म तथा विनय (अर्थात् बौद्ध धार्मिक व्यवहार) की निश्चिती की। इस सम्मेलन को 'संगीति' कहा जाता है। बताया जाता है कि यह पहली 'संगीति' थी।

बुद्ध के निर्वाण के पश्चात् करीब सौ वर्षों बाद वैशाली में दूसरी 'संगीति' का आयोजन हुआ। इस काल में बौद्ध धर्म में दस पाखंडों का प्रवेश हो चुका था, जिसे हटाने के लिए ही यह संगीति हुई थी। परंपरागत जानकारी के अनुसार, यह संगीति आठ महीनों तक चलती रही।

तृतीय संगीति सभा मौर्य सम्राट् अशोक के कार्यकाल में संपन्न हुई। सिंहली महावंसो व दीपवंसो ग्रंथों से पता चलता है कि इस कालखंड में बौद्ध धर्म में अनेक पंथ हो गए थे, जिन्हें भगवान् बुद्ध द्वारा जारी किए गए मूल सिद्धांतों के अनुसार चलना जरूरी था। अतः सम्राट् अशोक को प्रतीत हुआ कि बौद्ध धर्म के पुराने नियमों का एक बार पुनरीक्षण किया जाए, जिसके लिए यह संगीति सभा आयोजित की गई थी। यह सभा पूरे नौ महीने चली, जिसमें एक हजार से अधिक भिक्खुओं ने भाग लिया। इन तीन संगीतिकों का एकत्र परिणाम बौद्ध धर्म शास्त्र के निर्माण के रूप में सामने आया, जो इन त्रिपिटकों में समाविष्ट है।

त्रिपिटक पाली भाषा में है और भगवान् बुद्ध के मूल उपदेश भी पाली भाषा में होने की संभावना है, परंतु त्रिपिटक के बाद अनेक बौद्ध धर्मग्रंथ संस्कृत भाषा में या मिश्र संस्कृत भाषा में भी लिखे गए हैं। जैनियों के धर्मग्रंथों के बारे में भी यही स्थिति है। उत्तरकालीन समस्त जैनी साहित्य संस्कृत भाषा में ही मिलता है।

□

संदर्भ ग्रंथ

१. ऋग्वेद
२. ईशोपनिषद्
३. कठोपनिषद्
४. छांदोग्योपनिषद्
५. तैत्तिरीयोपनिषद्
६. निरुक्त
७. ब्रह्मसूत्र—शांकरभाष्य—अध्याय २, पाद १
८. वाल्मीकि रामायण
९. श्रीमद्भगवद्गीता
१०. महाभारत, शांतिपर्व
११. मनुस्मृति
१२. रघुवंश
१३. मृच्छकटिकम्
१४. अभिज्ञानशाकुंतलम्
१५. उत्तररामचरितम्
१६. सांख्य कारिका
१७. महाराष्ट्रीय ज्ञानकोष, डॉ. श्री व्यं. केतकर
१८. भारतीय संस्कृति, साने गुरुजी
१९. Outsider, Alber Camus
२०. Hindu view of Life, Dr. S. Radhakrishnan
२१. Beautiful Tree, Dr. Dharampal
२२. Turning Point, F. Kapra
२३. How I became a Hindu, David Frawley.

□□□